Endure

Endure
지우지 않은 사람들

초판 1쇄 발행 2025년 8월 19일

지은이 백인희
펴낸이 장길수
펴낸곳 지식과감성#
출판등록 제2012-000081호

교정 김지원
디자인 김희영
편집 김희영
검수 주경민, 정윤솔
마케팅 김윤길

주소 서울시 금천구 벚꽃로298 대륭포스트타워6차 1212호
전화 070-4651-3730~4
팩스 070-4325-7006
이메일 ksbookup@naver.com
홈페이지 www.knsbookup.com

ISBN 979-11-392-2748-2(03810)
값 17,000원

- 이 책의 판권은 지은이에게 있습니다.
- 이 책 내용의 전부 또는 일부를 재사용하려면 반드시 지은이의 서면 동의를 받아야 합니다.
- 잘못된 책은 구입하신 곳에서 바꾸어 드립니다.

지식과감성#
홈페이지 바로가기

Endure

지우지 않은 사람들

백인희 소설

▶ 시대적 배경

Year 2045. 기억의 삭제와 정제가 제도화된 사회

▶ Endure 속 인물들

백소연(54세, 여)

Re:MEM의 창립 멤버, 남편 김현우, 딸 김세현의 엄마
기억을 다루던 과학자에서, 기억을 끌어안고 성장하는 인물

김현우(54세, 남)

정신과 전문의, 소연의 남편
다정함과 섬세함을 지니고 가족의 혼란 사이 중심이 되는 인물

김세현(25세, 여)

기억 재활 간호사
기억을 지우는 시대에 '기억을 품는 법'을 배워 가는 인물

정유헌(57세, 남)

Re:MEM 창립 멤버, 도준혁의 친구, 백소연의 선배, 현재는 국가기억윤리위원장
Re:MEM을 지키기 위해 정치로 나선 인물

도준혁(57세, 남)

Re:MEM / REMKOR 대표
기억 정제 기술의 선구자이자 정유헌의 오랜 벗

윤태경(74세, 남)

국회의원, 여당의 정치위원회 우두머리
윤 회장이라 불리며, 당의 머니 탱크 역할

윤세진(38세, 여)

윤태경의 막냇동생, 윤성백화점의 CEO
사랑을 믿지 않고 권력과 돈을 최고로 여기는 인물

목차

8	선택의 날	68	감정의 주체
15	NID-7	72	기억의 문 앞
21	삭제를 원하신다고요	75	어둠을 읽는 자
27	찰칵, 우리 셋	79	검은 수면 위를 걷는 자
30	작은 방울 하나	82	오래된 체념
33	기억과 투자, 그 사이	85	침묵
37	초코우유 하나, 딸기우유 둘	87	조각의 자리
45	눈물의 각도	90	거래
49	빈칸과 주름	92	기억의 틈
53	널 위한 미역국	94	아킬레스건
55	코코아 한잔	96	그날의 진실
58	텅 빈 네트	101	기억의 방
64	봄볕 그리고 깊은 잠	107	파열

109	젊은 날의 상자, 끝	144	혼돈
111	각성	147	성장과 치유
115	실체	149	완전한 고립, 절망
119	무너지는 경계	154	용서
121	그럼에도, 나는	158	기억의 윤리
123	의도적인 연출	161	삶의 궤적의 가치
125	판도라의 상자	165	감정의 조각들은 연결되어 있다
128	고립		
130	끝	168	Endure
133	따뜻한 아메리카노 한 잔		
137	조작된 기억	171	에필로그
140	햇살이 비치는 자리	175	작가의 말
142	통로, 집		

★
선택의 날

2045년 6월 20일 화요일

  새벽 5시 20분. 소연은 잠에서 깼다. 휴대폰의 알람은 새벽 6시로 맞춰 놓았지만 알람 소리가 울리기도 전에 화장실 앞의 거울에서 이를 닦고 있는 자신을 바라봤다.
  자고 일어나면 항상 하얗게 질린 얼굴이었다. 자신의 낯빛을 보다가 시선은 한쪽 카라가 말린 잠옷에 머문다. 그리고 습관적으로 커피포트에 물을 채우다 문득 멈췄다.
  커피포트 스크린에서 알려 주는 오늘의 스케줄이 그녀의 모든 몸의 털들을 곤두서게 했다.
  "D-DAY. 세현의 25번째 생일."
  25번째 생일을 맞이하는 딸 세현은 옆방에서 아직 자고 있다. 그 흔한 사춘기에도 말썽 한번 부리지 않던 착하고 공부 잘하는 딸이었다.

소연은 텔레비전을 소리 없이 켰다. 새벽 뉴스가 진행되기 전, Re:MEM의 광고가 나오고 있었다.

"금일 0시 기준, 25세 기억 삭제자 전환률 95% 달성, 당신의 기억은 선택입니다."

Re:MEM 서비스는 소연의 회사에서 제공하는 기억 삭제 서비스였고, 소연은 회사에서 기억정제사로 일하고 있었다. 기억을 삭제하러 오는 사람들과 면담 후 해당 기억을 확인하고 삭제하는 업무를 했고, 일주일에 이틀은 새로운 프로젝트를 개발하는 연구원으로 일을 하고 있었다.

"엄마, 좋은 아침이에요."

세현도 오늘을 기대했는지 일찍 일어나 부엌으로 향했다.

"응, 우리 딸 잘 잤어? 생일 축하해."

"네, 고마워요. 엄마. 어제 조금 늦게 자긴 했는데 4시간은 푹 잔 것 같아요. 나쁘지 않아요."

"다행이네. 아빠 깨워서 올래? 엄마가 오늘은 감자수프를 끓일 거야. 생일날에 꼭 미역국을 먹어야 한다는 편견을 버려야 해. 너 감자수프 좋아하잖아."

"오늘 같은 날 감자수프 좋네요. 엄마가 만든 감자수프는 항상 최고니까."

"대신 점심이나 저녁에 외식하자. 너 먹고 싶은 걸로."

세현은 어릴 적 미역국을 먹고 심하게 체한 적이 있었다. 그 뒤부터 소연은 생일이라도 미역국을 식탁에 놓지 않았다.

소연은 어젯밤에 찐 감자 4개를 냉장고에서 꺼냈다. 껍질을 벗기고 칼로 깍둑썰기를 한 뒤 냄비에 무염버터를 넣고 채 썬 양파를 먼저 볶았다.

양파가 갈색으로 변할 때 남편인 현우가 일어났다.

"아침부터 버터 향이 너무 좋은걸. 우리 딸, 생일 축하한다~"

우유와 약간의 소금을 더한 감자수프는 어느새 세 가족의 입속에서 사라지고 있었다.

"세현아, 오늘 몇 시쯤 센터에 갈 거야? 선택은 점심 먹고 해도 돼." 현우가 말했다.

"아침 먹고 같이 가요. 엄마, 아빠."

"결정은 했어?" 소연은 물었다.

"고민을 해 봤는데 엄마, 전 보존자로 남기로 했어요."

"보존자? 네 선택이니 존중해. 그래도 왜 그런 선택을 했는지 궁금하구나."

소연은 마음속으로 다행이라는 안도감에 그제야 아까 내렸던 커피를 한 모금 마셨다. 그리고 15년 전 그날, 오류가 났던 시스템의 경고음이 귓가에 울리는 것 같았다.

"기억 회복 재활 간호사가 되기 위해 공부도 했고, 무엇보다 전 스스로 제 기억을 간직하고 싶어서요. 엄마 아빠도 그런 선택을 하셨잖아요. 그리고 기억을 주기적으로 삭제하지 않아도 이미, 내 머릿속에서 사라지는 기억들이 있는 것 같아요. 어릴 적 무언가를 놓치고 있는 것 같기도 하고요."

오전 9시. 셋은 지하철을 타고 국가 반공공기관인 Re:MEM으로 향했다.

Re:MEM - Retentive Memory Engineering Management

지하철에서도 Re:MEM의 광고는 쉽게 볼 수 있었다.

"잊으세요, 새로운 당신의 날들이 기다립니다. 힘들었던 기억을 지우고 내일을 선물받으세요."

소연은 늘 혼자 지하철을 타고 출근했는데 가족들과 같이 회사로 가니 참 어색한 일이었다. 회사 등록 로비의 전자 패드 앞에 세현은 멈춰 섰다. 흰 벽, 흰 바닥, 은은한 시트러스 향이 공간을 감싸고 있다.

[삭제자 선택] 삭제자 선택 시 선물 금 3천만 원 일시금 지급, 월 4회 의무적인 기억 삭제 필요

[보존자 선택] 선택 이후 영구적으로 기억 삭제 불가, 정서검진 연 1회 실시 의무

세현은 고민 없이 보존자 화면을 클릭했다. 그리고 기억 보존 선언문을 낭독했다.

[기억보존 선언문] Re:MEM 시스템 비선택자는 감정 보존 시민 등록

"나 '김세현'은 국가 「감정보건법」 제43조 제1항에 따라 기억 삭제를 선택하지 않으며 과거의 전 기억과 감정을 보존하고 감당하겠다는 의지를 이 선언을 통해 밝힙니다. 나는 나의 기억의 무게가 때때로 삶을 위협할 수 있다는 사실을 인지하며 그 무게와 함께 살아가는 것을 인간다움이라 믿습니다. 나는 기억을 지우지 않음으로써 발생하는 심리적, 사회적 불이익을 감수하며 이 선택이 도망이 아닌 책임의 행위임을 선언합니다."

딸의 선언 낭독 후 소연과 남편은 증언자로서 패드에 사인을 하고 지문과 홍채 인식으로 증언을 마쳤다.

"2045년 6월 20일, 김세현, 여 - 보존자로 남기를 선택하셨습니다."

2027년 이후 대한민국에서는 25살이 되면 합법적으로 기억을 선택하고 삭제할 수 있는 「기선법」 법안이 발의되었다. 뇌의 전두엽이 완전히 발달하는 시점인 25세를 합리적인 판단과 자율 의지가 있는 성숙한 나이로 여겼고, '기억을 결정할 자격'이 생기는 인생의 전환점으로서 진정한 성인식이 시행되고 있었다. 기억 삭제자를 선택하게 되면 선택과 동시에 3천만 원이라는 기억 삭제 지원금을 받았고, 10년 단위로 국가의 재정적 여유에 따라 재지급되었다. 기억 삭제자는 최소 월 4회 자신의 기억 중 일부를 삭제해야 했고, 삭제하는 과정에서 해당 기억의 시간 그리고 어떤 종류의 기억인지에 따라 삭제 비용

이 책정되었다. 그리고 삭제 비용은 국가 반공공기업인 Re:MEM을 통해 국고로 일부 환수되었다.

기억 보존자는 모든 기억을 보유하며 기억 삭제자와는 다르게 연 1회 기억 유지세를 냈으며 고위직 진출 우선권을 제공받게 되었다. 주로 고등교육을 원하는 사람들이 보존자를 선택했고 의사, 변호사, 국회의원, 간호사, 판사, 검사를 포함하여 국가 윤리 시스템의 핵심 인재로 배치되었다.

하지만 국가 시스템이 기억 삭제자와 보존자에 따라 달리 대응하거나 지원금을 차별하는 구조로 지급되어 사회적 파장을 일으켰다. 다행히 3년 정도 시행 후 Re:MEM의 사업은 안정적으로 접어들어 기억 삭제자와 보존자의 선택에 따른 양극화 현상도 줄어들게 되었다.

Re:MEM의 자회사인 REMKOR에서는 삭제된 기억들을 폐기하지 않고 암호화된 형태로 '중앙 기억 보존소'에 백업했다. 이후 의학적 연구, 치매 환자 복구, 법정 증거 등 공익 목적으로 사용하거나 AI 기술과 협업하여 삭제된 기억을 영화, 드라마와 같은 다양한 콘텐츠로 재가공하여 일반인들이 소비할 수 있도록 했다.

예를 들어 이별, 학대, 범죄, 죽음 등 삭제된 감정 패턴을 분석해 감정 곡선이 검증된 시나리오로 재탄생되고 영화화되기도 하였다. 또 삭제된 기억의 뇌파, 심박 곡선을 AI가 해석해서 음악으로 제작하기도 하였으며, 감정 인플루언서 콘텐츠에 유료로 전송되어 대중들에게 소비되기도 했다.

이로써 삭제되는 기억들은 현금 이상의 가치를 가지게 되었다. 기억은 당사자의 감정을 제거한 후 정제, 재구성되어 고부가가치 상품으로 다시 활용되고 있었다.

이는 제5차 인지혁명이라고 명명했다. 한국은 최초로 기억을 선택적으로 삭제할 수 있고, 이를 다시 사업화하는 기억 삭제 원천기술 보유국이 되었다. 한국이 세계 최고 강대국이 된 역사적인 사건이었다.

★
NID-7

 2010년부터 한국 정부는 뇌 과학과 인지 연구의 도약으로 치매, PTSD, 트라우마 치료를 위한 신경과학 연구에 대규모 투자를 시작했다. 특정 기억을 담당하는 해마-편도체 연결 시냅스를 식별하고 제어하는 기술을 연구했으며 치료 목적은 전쟁 PTSD, 재난 트라우마, 자살 충동 환자에게 '치명적 기억'을 제거하는 형태로 은밀하게 진행되고 있었다. 그러던 중 2025년 어느 여름, 부산에 위치한 에이스트 대학교 산하 민간 연구소에서 감정 공감 기술을 통한 기억 공유 실험이 진행되었다.

 트라우마를 가진 환자의 기억을 타인과 공유함으로써 환자를 치료하려는 심리치료의 목적이었다. 그러나 감정을 뇌파로 추출하여 디지털화하는 과정에서 오류가 발생하였다. 트라우마 환자의 극심한 공포 기억이 연구원에게 비의도적으로 전이되었던 것이다. 그러나 이러한 현상을 발견하지 못한 채 실험은 계속되었고 SBD(Synaptic Bridge Device)를 통해 수백 건의 강한 부정적인 감정이 '감정 덩어리'로 합

쳐졌다. SBD 내 알고리즘 버그로 인해 감정들이 메타데이터 없이 파편화되어 퍼져 나갔다.

1차 감염자는 해당 트라우마 환자를 직접 연구하던 연구원이었는데 자신의 감정을 컨트롤하지 못하여 타인의 과거 기억에 대한 환각 증상을 겪었다. 또 강한 공감으로, 자신의 경험과 기억처럼 타인의 트라우마를 생생히 체험하게 되었다. 그로 인해 정신 분열, 충동 행동, 언어 장애가 발생되었으며 이 현상은 공감성 접촉, 감정 매개 영상 혹은 음성을 통해 다른 사람에게 전파되었다.

질병코드 NID-7(Neuro-Imprinted Distress type-7), 신경정신성 기억 전염병. 이 바이러스는 물리적 바이러스가 아닌, '지나치게 강한 공감'을 통해 퍼지는 신경전파 현상이었다. 일례로 전쟁을 겪은 군인의 기억 일부가 유출되어 VR 체험 콘텐츠로 편집되었는데, 사용자는 콘텐츠 체험 후 군인과 동일한 자살 충동, 환청 등의 증세가 발생되었다. 단순한 체험에 그치지 않고 타인의 고통까지 신경으로 전이되는 매우 확산 속도가 빠르고 잔인한 바이러스였던 것이다.

이 바이러스는 최초의 형태에서 타인에게 전이되는 과정을 통해 더 강한 불안감과 공포감으로 변질되었다. 그 결과 부산과 경상남도 일대에서 일일 감염자 4천 명이 발생하였고 도시는 기억 전염병으로 공포 속에 있었다. 2019년에 발생된 코로나19 바이러스로 인해 약 5년간 전 세계에서 4만 명 가까이 사망했으나, NID-7 바이러스는 약 6개월 만에 20만 명이 감염되었고 하루에 약 300명의 사망자가 발생하였다.

연구소, 의료기관에서는 비상 대응 체계를 가동했고 정부는 부산에서 시작된 바이러스를 막고자 경상남도 아래 전 지역을 재난 지역으로 선포하고 봉쇄했다.

[속보] "2025년 6월 26일 오늘 오전, 창원특례시 전 지역에서 NID-7 감염 의심자 91명이 추가로 확인되었습니다. 부산 해운대와 금정구 일대에도 107명이 동일 패턴의 감염 증세를 보였습니다. 구체적인 사례로는 부산에서는 지하철 기관사가 환각 증세로 열차를 멈추지 않고 운행을 하는 일이 있었습니다. 통영에서는 한 고등학교에서 경비원으로 추정되는 사람이 감염 증세를 보이며 흉기로 학생들을 위협하였습니다. 이에 정부는 경상남도 전체를 '심리재난구역'으로 선포하며 군 병력을 동원하였습니다. 감염 의심자들의 외부 이동을 원천 봉쇄하고, 감정 중화 드론 500대를 투입하였으며, 감정 통제군은 노이즈 차단벽을 구축하고 있습니다."

세계보건기구 WHO는 사상 최초로 '감정 기반 전염병'의 유행을 선언하였고, 일시적으로 모든 전자매체의 작동을 금지시켰다. 전 세계는 한국과 일시적 단절을 선언했고 최소한의 연락망으로 소통하며 바이러스가 잠잠해지기를 바랐다.

그 당시 한국에서는 이 실험을 주도했던 에이스트 대학 산하 민간 연구소와 REM칩을 개발 중이었던 Re:MEM이 협업하여 치료제를 개발하고 있었다. 그 결과 Re:MEM은 2025년 바이러스 발생 후 1년 만에 단순 약물이 아닌 기억과 감정의 신경 회로 리셋이 이 바이러스의 치료 방법임을 알게 되었다.

이에 임시 대책으로 신경계 약물을 바이러스 감염자에게 투여한

후 두뇌에 REM칩을 삽입하여 일정 기억을 삭제하였다. 이 과정에서 Re:MEM은 민간기업에서 출발했지만 NID-7 바이러스의 치료 기술을 개발하고 「기선법」 제정에 영향을 주어 정책적 책임과 공공적 성격을 띠는 반공공기업으로 자연스럽게 인식되었다.

  한국에서 최초로 「신생아 기억칩 의무 삽입법」이라는 제도가 시행되었다. 일각에서는 개인의 기억을 평생 모니터링하고 통제 가능한 상태로 만드는 것이 개인의 심각한 인권을 침해하는 행위라고 피력했다. 하지만 한국에서 최초로 발생한 기억 전염병의 유출 방지 및 근본적인 재발 방지책은 REM칩을 통해서 이루어졌다.

  그리하여 2026년 9월 22일, 기억으로 전파되는 집단 트라우마를 치료하고 예방하기 위한 「신생아 기억칩 의무 삽입법」이 제정되었다.

  이 바이러스로 인하여 인간의 기억은 공공안전의 위협 요소가 될 수 있다는 사회적 인식이 형성되었고 정부 주도하에 「기억 데이터베이스 법안」도 추진되었다.

  기억을 일관되게 관리하려면 출생 시점부터 신경 경로를 구조화해야 효과적이라는 연구 결과가 등장했고 Re:MEM의 연구진은 REM칩이 없으면 기억 추적이 불완전하다는 논문도 발표하였다.

  한국은 NID-7 바이러스의 치료제 개발과 동시에 관련 법안이 통과되도록 노력했고 그 결과, 국가적 생존과 공공정신건강의 보호라는 명분으로 출생 시 기억 등록을 의무화하는 법안 초안을 발의했던 것이다. 이 법안은 선제적으로 한국에서만 적용되었으나 국제연합 산하

'기억안전 위원회'가 창설되며 세계 여러 나라들이 해당 법안과 새로운 형태의 시스템을 논의했다.

「기억정보 선제관리법(기선법)」
제1조 기술 보급 및 공공 이익을 우선으로 한다.
제2조 2027년 이후 출생하는 모든 신생아는 생후 48시간 이내에 표준화된 뇌 삽입칩을 이식해야 한다.
제3조 칩은 개인 고유번호와 연결되어 평생 기록을 저장한다.
제4조 칩은 5년 주기, 또는 그 성능에 따라 교체한다.
제5조 25세가 되는 해에 저장된 기억 일부를 삭제, 또는 보존할 수 있는 선택권을 부여한다. 선택은 개인의 결정으로 이루어지며, 제3자가 강요하거나 대신 선택할 수 없다. 단, 판단 능력 제한자의 경우 대리 결정 조항에 의거하여, 보호자 또는 법적 대리인이 해당인의 기억 삭제 또는 보존 여부를 대리로 신청할 수 있다. (대상: 발달장애, 심각한 정신질환, REM칩 오류로 인한 자기 결정력 상실인)
제6조 기억 삭제자를 선택한 경우 국가에서 3천만 원의 지원금을 지급하며, 월 4회 이상 개인의 선택으로 기억을 삭제하도록 규정한다. 4회 이상 기억을 삭제할 경우 세금 감면, 취업 혜택을 제공한다.
제7조 기억 삭제는 Re:MEM에서 규정한 기억 코드와 기억의 시간에 따라 삭제 비용이 책정되며, 이 비용은 개인이 부담한다.
제8조 기억 삭제자를 선택한 사람에게는 10년 주기로 기억 삭제 지원금을 지원한다.
제9조 기억 보존자를 선택한 경우 출생과 사망에 이르기까지 모든 기억을 보유하며, 연 1회 기억 유지세 납부의 의무를 가진다.

또한, 「기선법」이 시행되고 5년 뒤, 전 시민의 REM칩 삽입 의무화가 시행되었다. 대상은 2027년도 이후 출생자가 아닌 기존 비삽입자를 포함한 모든 생존 시민이었다. 표면적인 이유는 REM칩이 감정 파동을 모니터링하여 집단 감정 감염을 조기에 탐지하고, REM칩의 내장 항체 시뮬레이터가 '바이러스 의심 감정 파형' 탐지 시 자동으로 백신 반응을 일으켜 감염을 사전에 막는다는 취지였다.

보존자로 남기로 한 딸 그리고 남편과 함께 Re:MEM 건물을 나오며 소연은 하늘을 올려다보았다. 6월이지만 시원한 바람이 불었다. 높은 습도까지 개운하게 느껴졌다.

문득 소연은 자신이 처음 Re:MEM에 입사했던 기억이 떠올랐다. 회사 건물 앞 벚꽃나무로 그늘이 드리운 벤치 앞에서 소연은 서 있었다. 그곳엔 REM칩을 개발하던 20대의 소연이 있었고, 소연은 Re:MEM의 핵심 연구원이었다.

"여보, 오늘 뭐 해? 오후 일정 있어?" 현우가 물었다.

하늘을 가만히 올려다보고 있던 소연의 시선은 남편의 눈으로 향했다.

"보자, 지금이 11시니까 잠시 lab에 가서 자료 좀 봐야 할 것 같아. 오후 3시에 REM 대기자분과 미팅이 있어. 사전 기록도 봐야 하고. 대신에 4시 정도면 끝날 것 같아. 저녁에 다 같이 밥 먹는 게 좋겠어. 세현아, 어디 가고 싶은 맛집 있으면 아빠와 상의해서 문자 보내 줘."

"알았어요. 엄마 나중에 봐요."

*
삭제를 원하신다고요

　소연은 Re:MEM의 lab으로 들어와 자신의 노트북과 데스크톱을 켰다. 걸치고 있던 얇은 실크 카디건을 책상 옆 캐비닛의 옷걸이에 걸고 오늘의 스케줄과 시스템의 메모를 확인했다. 30년간 일했던 자리지만 깨끗이 정돈되어 있었다.
　Re:MEM은 「기선법」이 적용된 2027년 이후 그 규모를 확장해 나갔다. 25세가 되면 대한민국 국민 누구나 자신의 기억을 보존할지 삭제할지 선택할 수 있게 되었고, 삭제자를 선택한 사람들은 매달 최소 4번 REM 시스템을 통해 기억을 정제할 수 있는 권리를 부여받았다. 이 선택은 곧, 거대한 산업의 출발점이 되었다. Re:MEM은 처음엔 서울 본사 한 곳만 있었으나, 불과 2년 만에 전국 17개 광역시에 지사 REM 센터를 설립하고 주요 대학과 협업해 기억정제사 양성과정을 개설했다.
　기억정제사는 어느새 가장 경쟁력 있는 전문직이 되었고, '기억을 정제한다'는 표현은 '상처를 잊고 과거를 버린다'는 뜻을 넘어 새로운 삶을 시작한다는 상징어로 통용되기 시작했다. 게다가 삭제자를 선택한 사람들에게 세금 감면의 혜택을 주고, 삭제자 선택에 따른 지원금을 주기적으로 국가에서 지원하면서 기억 삭제자를 선택하는 20대가 95% 이상을 차지했다.

그러한 덕분에 Re:MEM의 예상 매출액은 연 63조 원에 육박했다. 대한민국의 인구수는 지속적으로 감소했고 정부는 출산지원의 혜택을 부여했다. 2045년도의 경우 약 3,400만 명 정도로, 2025년도에 NID-7 바이러스가 발생했을 당시의 3분의 2로 인구수가 줄어들었다.

1회 기억 정제 시 약 10만 원의 비용이 발생했으며 월 40만 원, 연 480만 원의 비용을 개인이 부담했다. Re:MEM의 자회사인 REMKOR에서는 국내 B2B(Business to Business), B2C(Business to Consumer) 형태로 정제 기억을 판매했고 언론에 노출된 매출액만 6조로 확인되었다.

기업은 각 REM 센터에 수백 명의 정제사를 배치했으며 그들의 업무는 단순한 삭제를 넘어 감정 해석, 윤리 판단까지 포함됐다. 국가는 세수 10% 이상을 Re:MEM의 관련 산업에서 얻으며 기억 통제 정책에 더욱 의존했다.

Re:MEM의 연 매출액은 99% 이상이 아직 '국내 사용자'로만 발생되고 있었다. 해외에서는 유럽의 4개국만이 REM 기술을 도입하려고 준비했다. 강대국들은 자국 기술의 개발을 고집했고, 지금 이 순간에도 세계 80개국에서 REM 칩 불법복제가 시도되고 있었다. 하지만 대부분의 나라에서는 사법 정의와 윤리 시스템이 붕괴될 수 있다고 주장했다. 일부 유럽 국가에서는 "기억은 고통이 아니라, 인간이라는 존재의 본질이다."라고 하며 생명윤리 자문위원회의 공동성명을 내기도 하였다.

소연은 기억정제사로 일했던 날들이 떠올랐다. 그리고 REM 대기자의 정보를 확인하며 이 일을 계속할 수밖에 없었던 그날의 사건이 떠올라 미간을 찌푸렸다. 세현이 기억 보존자를 선택하자 묘한 기시감에서 헤어날 수가 없었다.

2045-06-0278 안영이 님(68세) 이력 업로드 완료: 대기 상태 (PM 3:00)

문이 열렸다.
머리가 희끗한 노년의 여성이 조심스럽게 들어와 소연의 맞은편 의자에 앉았다.
"안녕하세요, 안영이 님."
"안녕하세요."
"REM 삭제 요청을 신청해 주셨습니다. 오늘은 대상 기억을 분류하고 감정 파형과 해당 기억을 정제하는 절차로 진행됩니다."
그녀는 힘없이 축 처진 어깨를 움츠렸다. 그리고 눈을 깜빡였다.
"삭제 요청서는 미리 읽었습니다. 안영이 님, 아드님이 본인에게 하신 말씀을 지우고 싶다고 기록하셨는데 맞을까요?"
소연은 삭제 요청서와 REM 대기자의 정보를 확인하며 물었다.
"아드님이 현재 사망하신 상태이고, 범죄 기록이 있으시네요. 아드님이 생전에 안영이 님에게 하신 말씀이 어느 시점, 어떤 종류의 감정 파형인지 확인해 보겠습니다. 동의하시나요?"

"네."

소연은 REM 코드 체계표 파일을 열었다.

범주: 이별, 상실, 애도, 죽음
Date: 2033년 11월 5일
E/T(추정 시간): 오전 11시~11시 30분
Code: RM-04

"'내가 다시 태어난다면 다르게 살아 볼 수 있을까?' 하고 아들이 교도소 면회실에서 저에게 중얼거렸어요. 그 아이의 무력감이 담긴 말이 계속 귓가에 맴돌아요. 살면서 해 준 것 없는 엄마지만, 아들이 고통과 절망, 죄책감을 끌어안고 죽었다는 것을 난 견딜 수가 없어요."

보통의 부모가 할 수 있는 반응이라고 소연은 생각했다. 자식으로 인해 부모가 방문했을 때는 높은 확률로 죽음, 이별이 원인이었다. 감정의 양극단에서 해결되지 않는 오해가 있어 찾아온 경우가 대부분이었기 때문이었다.

그리고 부모들은 자식의 존재 자체를 지우기보다는 어떤 한 시점의 사건, 말들을 삭제해 달라는 요청서를 썼다. 나 역시도 내 인생에서 딸인 세현을 전부 지우는 것은 불가능하다고 생각했다.

"그 말을 하고 며칠 뒤 복역 중에 하늘나라로 갔어요. 우리 아들. 난 아들이 마음이 아픈지도⋯ 몸이 그렇게 아픈지도 몰랐지. 그러곤 이렇게 나 혼자 살아서 힘들다고 여길 왔네요."

소연은 RM-04 코드를 REM 시스템에 입력했다. 그리고 옵션 항목을 체크했다.

- **감정 공유성:** LOW
- **윤리상 모순:** LOW
- **감염성 기억:** N/A(해당 없음)
- **대상:** Fam(가족군)
- **삭제 후 영향 범위:** LOW
* **REM 시스템 판단:** 삭제 가능(아들의 죽음은 개인의 상실 기억으로 지속됨)

"안영이 님, 기억 삭제가 가능하다고 산출되었습니다. 저쪽 침대에 누워서 이 뇌파셋을 쓰시면 됩니다. 자리를 옮기시죠."
"네."
"뇌파셋, 장착하겠습니다. 가벼운 전기 자극이 느껴질 수 있어요."
안영이는 조용히 눈을 감았다.
소연은 그녀의 머리를 부드럽게 감싸고 기억 삭제 버튼을 눌렀다. 정제 시스템이 작동하며 안영이의 REM 칩이 뇌파셋과 동기화를 시작했다.
안영이의 눈꺼풀이 파르르 떨렸다. 그 순간 화면엔 그녀의 감정 곡선이 리듬처럼 파동을 그렸고 노랑, 주황, 검정 라인이 겹치며 진폭을 키워 갔다.

소연은 그녀가 긴장을 풀 수 있도록 목소리를 낮추었다.
"REM 회로 연결 완료, 기억 노드 접근을 시도합니다."

기억 삭제까지 1분 소요 예정.

정제 시스템의 스크린에 삭제 진행률이 표시되었고, 어느덧 '삐' 하는 소리와 함께 안영이가 요청한 기억이 삭제되었다.
"안영이 님, 기억 삭제가 완료되었습니다. 2~3일 동안은 약간의 두통이 발생할 수 있습니다. 너무 심하시면 두통약 드셔도 됩니다."
소연은 기억 삭제 후 주의 사항과 어느 시점의 기억을 삭제했는지 확인할 수 있는 정제이력코드가 적힌 안내서를 안영이에게 전했다.
"앞으로 삭제하신 기억의 구체적 내용은 떠올릴 수 없을 겁니다. 하지만 정제이력코드로 검색하시면 삭제 일자와 REM Code(대략적인 범위)를 확인하실 수 있습니다."
"감사합니다."
"조심해서 가세요."
소연은 안영이의 정제보고서를 30분간 정리하고 시스템에 업로드했다. 어서 이 공간을 벗어나고 싶어졌다.
'뚜두두두두.'
소연은 세현에게 전화를 걸었다.
"세현아, 엄마야. 뭐 먹으러 갈지 정했어?"
"어, 엄마. 레스토랑 '오늘, 우리'로 오면 돼. 5시로 예약해 뒀어."

*
찰칵, 우리 셋

"엄마, 여기야~"

세현이 반가운 얼굴로 손을 들었다.

소연은 가족들과 자주 갔던 레스토랑으로 들어갔다. 20평 남짓한 레스토랑은 노란색도 흰색도 아닌 그 중간 어딘가의 따뜻한 빛을 내고 있었고, 단정하게 정리된 테이블이 벽면을 따라 늘어서 있었다. 벽 한쪽은 오래된 외국 배우의 포스터가 붙어 있었고, 해변 사진이 흑백 액자에 담겨 남은 공간을 메우고 있었다.

그리고 그 옆에는 레스토랑에서 기념일을 맞은 사람들의 폴라로이드 사진도 부착할 수 있는 공간이 있었다. 소연은 아늑한 분위기의 이곳이 좋았다. 기억을 지우는 이들이 넘쳐 나는 도시 속에서 이곳은 소중한 시간을 간직하는 사람들만 들어올 수 있는 일종의 안식처 같았다.

두꺼운 나무 테이블에 하나둘 음식이 놓였다. 주문하는 메뉴는 항상 비슷했다. 크림파스타와 오일파스타, 안심스테이크, 리소토 또는 퍼스

널용 미니 피자로 테이블을 채웠고 세 가족은 천천히 음식을 즐겼다.

현우는 스테이크를 소연과 세현이 먹는 속도에 따라 조금씩 잘라서 스테이크 접시 외곽으로 두 점씩 놓아두었다. 항상 다 잘라 두는 법은 없었다. 현우는 소연과 처음 만났던 20대에도 친절함과 따뜻함이 몸에 배어 있었다. 물잔에 물이 비어 있으면 말하지 않아도 먼저 채워 주고, 입가에 소스가 묻으면 조용히 냅킨을 손에 쥐여 주던 사람이었다. 소연은 그런 따뜻함이 좋았다.

스테이크는 미디엄 웰던으로 익힌 것이었다. 그릴에 조금 그을린 바깥 부분은 소연이 좋아했고, 스테이크 중앙 부분은 항상 세현의 차지였다. 와인 잔에 채워진 투명한 물 그리고 그 잔에 비친 현우와 세현. 소연은 아무 걱정 없이 맛있는 음식을 여유롭게 먹을 수 있어 감사했다. 일상의 평온함이 주는 안정감이 얼마나 소중한지 소연은 알고 있다.

그때, 레스토랑의 서버 한 분이 소연의 가족에게 다가왔다.

"혹시, 기념일이시면 폴라로이드 사진 촬영도 도와드리는데 하시겠어요?"

"네! 오늘 저 25번째 생일이거든요. 우리 가족 두 장만 찍어 주실 수 있어요?"

"물론이죠. 자, 여기 보세요. 찍습니다. 하나, 둘, 셋."

'찰칵찰칵.'

사진 두 장이 출력되었다. 손바닥 안에 쏙 들어오는 미니 사이즈의 사진이었다. 폴라로이드 필름 사진은 서서히 그 형태가 나타난다는 점이 참 매력적이었다. 꼭 마법 같다고 소연은 생각했다.

하얀 백지 상태에서 피사체의 실루엣이 나타나고, 천천히 인물의 표정까지 알 수 있게 되는 그런 점이 참 마음에 들었다. 세현은 사진 밑부분에 오늘의 날짜와 자신의 25번째 생일을 적었다. 그리고 레스토랑의 벽면 한쪽에 세 명의 사진을 한 장 붙였다. 나머지 한 장은 자기 방에 붙여 놓을 것이라 했다. 소연은 벽면에 붙인 사진을 바라보았다. 그 속엔 세 사람의 얼굴이 담겨 있었다. 세 사람의 눈빛은 서로 닮아 있었다.

"엄마, 아빠. 이건 내 첫 보존자 선언의 기념사진이야. 10년 뒤에도 이 순간을 잊지 않을래."

소연은 말없이 고개를 끄덕였다. 머릿속에서 오늘 삭제된 기억의 코딩 번호가 떠올랐다.

'Code: RM-04-45-06-YY27, R/A: 내가 다시 태어나면.'

하지만 소연은 그 문장을 마음속에서 덮었다. 이미 REM 의뢰자인 안영이 님으로부터 지워진 기억이므로 더 이상 생각하지 않기로 했다.

소연에게 오늘은 기억을 떠나보낸 날이 아닌, 딸 세현이 스스로 기억을 지키기로 약속한 날이었다.

*
작은 방울 하나

　세현은 아침 일찍 눈을 떴다. 새벽 4시 45분. 아직 엄마, 아빠가 일어나지 않은 시간이다. 가끔 이렇게 새벽에 일찍 눈을 뜨면 밀려오는 공허함을 세현은 견딜 수가 없었다. 어떤 이유로 이런 감정이 드는 것인지 알 수 없었다. 꼭 손톱깎이를 찾지 못해서 너무 긴 손톱을 깎지 못할 때의 기분이었다. 애써 손톱에 신경을 쓰지 않으려 눈을 감아도 손끝의 감각들이 숨을 쉬는 것 같았다. 그럴 때 일기장을 폈다.
　정신과 의사인 현우는 세현에게 그런 기분이 들 때마다 일기를 적어 보라고 했다. 아버지의 말이 처음엔 대수롭지 않게 여겨졌으나 일기장에 그날의 그 기분을 적다 보면 목 끝까지 차오른 답답함이 씻기는 기분이 들었다.
　세현은 하얀색 두꺼운 양장 표지의 일기장을 폈다. 그러곤 지금 생각나는 것들을 적기 시작했다.

2045년 6월 21일, 수요일, 새벽 4시 47분

난 어제 기억 보존자로 살아가기를 선택했다. 엄마, 아빠와 25번째 생일 기념으로 맛있는 저녁 식사도 했다. 스테이크 맛집이라고 엄마는 말씀하셨지만 고기는 맛있는지 모르겠다.
어릴 때도 지금도 편식 없이 잘 먹는 모습을 보여 드리면 부모님이 걱정을 조금은 덜 하신다. 이런 날은 세차게 비가 내렸으면 좋겠다. 가슴에서 불이 지펴지는 것 같다. 왜 그런 것인지 난 알지 못한다. 손끝에서 검게 그을린 탄 냄새가….

　볼펜 심이 닳아서 희미하게 보이더니 더 이상 볼펜이 나오지 않았다. 세현은 적고 있던 일기를 그대로 덮었다. 아버지 말씀처럼 그 누구에게도 보여 줄 필요가 없기에 예쁘거나 알록달록하게 쓸 필요가 없었다. 쓰고 싶으면 쓰고, 덮고 싶으면 바로 덮어도 된다.
　썼던 볼펜은 쓰레기통으로 버렸다. 찾지 않으면, 쓰지 않으면 버려지는 볼펜이라는 생각에 한참 쓰레기통 안의 볼펜을 쳐다보았다. 꼭 볼펜이 아니라 다른 무엇인가를 버린 것 같은 그런 기분이 들었다.
　세현은 새 볼펜을 찾으려 서랍을 열었다. 첫 번째, 두 번째 서랍을 지나 세 번째 서랍을 열고 물건들을 뒤적였다. 검정색 새 볼펜 하나가 거기에 있었다. 볼펜을 잡고 서랍 문을 닫으려는 순간, 세현의 시선은 달랑거리는 황금색 방울 하나에 멈췄다.
　'어? 이런 게 왜 내 방에 있지?'
　세현은 과소비를 하는 유형의 인간은 아니었다. 어릴 때도 지금도 돈을 꼭 쓰지 않아도 되는 날들이 많았고, 불필요한 물건은 사지 않는 습관을 가지고 있었다. 물건을 살 때도 최소 20회 이상 사용이 가능한지 스스로에게 물어봤고, 그렇다 할 때만 지갑을 열던 자신이었다. 그래서 이 작은 방울이 도대체 왜 자신의 서랍에 있는지 이해가 되지 않았다.

컴컴한 집 안과 달리 세현의 방에서는 불빛이 새어 나오고 있었다. 소연은 세현의 방문을 똑똑 두드렸다.

"네, 들어오세요."

"세현아, 벌써 일어났어? 조금 더 자지 그래."

세현은 조용한 새벽에 듣는 엄마의 다정한 목소리에 잠시 기분이 좋아졌다.

"잠이 벌써 깼네요. 아! 엄마, 혹시 이 방울 어디서 난 건지 아세요?"

세현의 손에 놓인 작은 황금 방울을 보고 엄마는 조금 놀란 듯했다.

"어? 그게 네 방에 있었어? 그거 네가 어릴 적 갖고 놀던 장난감이야."

"제가 어릴 때 이런 걸 좋아했어요?"

"한동안 많이 좋아했던 것 같구나. 살다 보면 가끔 나도 모르게 튀어나오는 것들이 있지."

소연은 방울을 다시 서랍에 넣어 두고 세현의 어깨를 감쌌다.

"어서 이 닦고 와. 같이 유산균 먹자."

"네, 엄마."

엄마가 방을 나간 뒤 세현은 다시 서랍을 열어 방울을 꺼냈다. 그런 뒤 방울을 손에 꼭 쥔 채 눈을 감았다. 이번에는 방울을 귓가에 가져다 대고 살짝 흔들었다. 너무 오래된 것인지 딸랑거리는 소리는 나지 않았다. 소리 나지 않는 방울이 왠지 자신의 모습 같았다.

기억과 투자, 그 사이

로하 엔터테인먼트 8층

"실장님! 실장님! 나 그 RF 필요해요. 나 이 배역 꼭 맡고 싶단 말이야, 좀 도와줘. 대표님께 이야기 좀 잘해 달라고! 실장님!"

이하진은 14살에 아이돌 가수로 데뷔한 후 7년 동안 활동했다. 그리고 23살이 된 지금은 배우로 전향한 상태였다. 자신의 확고한 배우 입지를 위해 이번 영화의 배역이 꼭 필요했다.

하진이 원하는 배역은 출산의 고통을 이겨 내고 아이를 낳은 뒤 눈물을 흘리는 미혼모 캐릭터였다. 여기에서 발을 잘못 디디면 영원히 올라올 수 없을 것이라 생각했고 자신의 폭발적인 에너지를, 연기에 대한 열정을 꼭 이 영화에서 보여 주리라 생각했다.

하지만 하진에게는 연애도 결혼도 아직은 너무 먼 이야기였다. 심지어 임신과 출산의 감정선은 도무지 어떤 레퍼런스를 봐도 자기 것이

되지 않았다.

하진은 REMKOR에서 판매하는 REM-FACE가 필요했다.

"하진아, REMKOR에서 견적서를 보냈어. 근데 자그마치 2억이 넘어. 2억."

"…."

하진은 잠시 생각했다. 생각보다 큰 비용이다. 하지만 여기서 물러서면 앞으로 평생 지루한 조연 역할만 할 것이었다. 그나마 잘 풀려도 예능 프로그램에서 고정 패널로서 입가에 경련이 나도록 웃고 있을 것이었다. 그렇게 생각하니 도무지 견딜 수 없었다.

"견적서? 줘 봐, 나도 좀 보게. 고작 REM-FACE 5건인데 2억이 넘는다고? 줘 봐요."

[REMKOR 견적서]
REM-FACE 판매가(패키지 기준)
   - 기본 정제 기술 + 외부 얼굴 합성
   - 5건 × 4,000만 원 = 2억 원 + Customizing(이하진 얼굴 합성) 비용 3천만 원
   총 2억 3천만 원(부가세 별도)

하진은 견적서를 들고 대표 방으로 향했다. 이 정도 금액이면 실장과 이야기해서는 답이 안 나올 게 뻔했기 때문이었다.

"대표님! 대표님! 저 하진입니다. 들어갑니다."

"우리 배우님이 뭐가 그리 급할까?"

로하 엔터 대표인 이지훈은 이 바닥에서 매니저부터 시작해 잔**뼈**가

굵은 사람이었다. 하진은 운이 좋은 배우였다. 이지훈은 하진과 잘 맞는, 보기 좋은 배역들을 연결해 주었고 그 덕분에 하진은 큰 어려움 없이 곧잘 배역을 소화해 냈다. 대중의 시선도 크게 나쁘지 않았다.

"대표님, 저 미혼모 역할 출산신에 REM-FACE 레퍼런스 필요해요. 여기 견적서 있습니다. 2억 3천이 조금 넘어요. 그런데요, 대표님. 저 이거 보고 정말 잘할 자신 있어요. 저 한 번만 믿어 주세요. 제가 언제 실망시켜 드린 적 있었어요?"

이지훈은 말없이 하진을 쳐다봤다. 생각할 시간을 버는 건 항상 침묵이다.

답답한 하진은 다시 말을 이어 갔다.

"대표님. 이 영화, 시작 전부터 해외 판매 논의 들어왔다는 이야기가 있어요. 그리고 이 장면에 영화감독님이 절 꼭 넣으면 좋겠다고 이야기도 했고요. 이 신에서 진짜를 보여 주고 광고 3건 이상 따 올 자신 있어요."

지훈은 갑자기 웃음이 났다. 평소라면 저렇게까지 말하지 않을 하진이었다. 하진의 독기 어린 모습이 낯설었다.

"대표님, 투자 잘하시잖아요. 지금은 2억 3천 투자하실 때예요. 전 그것을 연기로 갚아 드릴 자신 있어요. 그 이상도 가져다드릴게요."

지훈은 하진의 어깨에 손을 올리며 대답했다.

"단순히 연기만 잘해서는 안 돼. 내가 이번에 널 믿고 투자하는 이유는 하진이 네가 경험하지 못한 감정을 소유하고자 하는 모습이 절박해 보이기 때문이야."

그리고 지훈은 하진을 잡아 사무실 문을 열고 밖으로 밀었다. 문밖에 선 하진은 자신의 제안이 흔쾌히 수용됐다는 점이 믿기지 않았다. 떨리는 손을 모아 정중하게 고개를 숙이고 지훈에게 감사 인사를 했다. 지훈은 고개 숙인 하진을 바라보며 말했다.

"진짜에서 가짜를 만든다…. 가짜에서 얼마나 진짜 같은 연기가 나올지 기대하지."

*
초코우유 하나, 딸기우유 둘

　오전 9시. 소연은 Re:MEM의 lab으로 출근했다. 오늘은 REM 대기자와의 미팅은 없는 날이었고, 10세 이하의 아이들에게 최적화된 REM칩 개발의 잔류 감정 단계를 체크하는 날이었다.

　# M3-SU1 프로토콜, 안정화 23단계 진입, 수치 이상 없음.

　노트북에 뜬 메시지는 매번 손에 진땀을 나게 했다. 아기 손톱 4분의 1 크기만 한 칩. 25세 이하의 어린 나이에서 사용할 수 있는 REM칩의 개발도 소연의 몫이었다. 하지만 아이들의 연령대에서 기억의 유동적 흐름 때문일까, 정확한 이유는 모르지만 안정화 마지막 단계에서 항상 에러가 발생했고 상용화 전 안정화 단계를 위해 소연은 10년째 테스트를 진행 중이었다.
　'똑똑.'
　누군가가 소연의 연구실의 문을 두드렸다.

"네, 들어오세요."

"백연~ 잘돼 가니? 당 떨어질 땐 아이스바닐라라테 어때?"

콧등의 안경이 땀으로 인해 흘러내릴 때 준혁은 기가 막힌 타이밍으로 소연을 찾아왔다.

도준혁, 57세, 소연보다 3학번 선배이자 Re:MEM과 REMKOR의 대표. 57세라고는 믿기지 않을 만큼 동안인 준혁은 지독한 자기관리로 인해 181cm의 키에 73kg의 몸무게를 유지했다. 자연 갈색 머리와 웃을 때마다 사라지는 눈은 꽤 매력적이었다.

"아, 대표님. 안 그래도 커피가 필요했는데 고마워요!"

"백소연 연구원님. 대표님이 뭐야, 대표가? 거리 둘 거야, 정말? 선배라 불러, 둘이 있을 땐."

"선배! 여기 회사야, 우리 서로 본 지 30년은 넘었어도 지킬 건 지키자고요."

소연은 웃으며 말했다.

늘 준혁은 대학교 때처럼 그리고 초창기 Re:MEM에서 연구하던 때처럼 장난기가 많은 선배였다.

"백연~ 배고프지 않니? 벌써 11시 반이야."

준혁은 매번 백소연 연구원이라 부르면 너무 거리가 느껴진다며 줄여서 백연이라 불렀다.

'띠리링.'

소연의 휴대폰에서 Re:MEM 관련 뉴스 알람이 울렸다.

"제럴드 바이오 뉴스입니다. 국가기억윤리원 정유헌 위원장이 오늘 오전, 테헤란로 기술복합지구를 방문, 인근 미래 융합 회의에 참석하였습니다."

"어? 유헌 선배 이 근처에서 회의했나 봐."

"이 자식, 회사 근처에 왔으면 이 형님한테 연락을 해야지."

준혁은 살짝 상기된 목소리로 말했다.

"우리 대학교 때 랩실에서 땡초김밥 자주 시켜 먹었는데, 갑자기 그게 생각난다."

소연은 대학교에 다닐 때를 떠올렸다. 프로젝트를 하며 자주 배달을 시켜 먹었는데 그 자리에는 항상 준혁과 유헌이 있었다.

준혁과 유헌은 소연보다 3년 선배였지만 주전공에서 항상 프로젝트를 함께했다. 같이 밤을 새고 발표 자료를 만들고 맛있는 음식을 먹고 시험 기간엔 랩실에서 각자 공부를 하기도 했다.

소연에게 있어서 그 둘은 대학교 때 만난 사람 중 가장 특별했다. 공기같이 자신의 곁을 지키는 그런 사람들이었다.

정유헌은 오뚝한 콧날에 주먹만 한 얼굴, 새까만 눈썹에 독수리 같은 눈을 가졌다. 말이 많지는 않지만 늘 이야기를 잘 들어 주는 선배였다.

Re:MEM의 초창기 멤버인 정유헌은 소연, 준혁과 함께 M-core라는 Re:MEM의 주요 알고리즘 논문을 발표한 뒤 기억기술의 공공화와 윤리적 감시의 필요성을 강조하며 공공 윤리 플랫폼 도입을 주장했다. 그리고 Re:MEM을 퇴사했으며 현재 국가기억윤리원의 위원장으로 일을 하고 있었다.

"선배, 우리 유헌 선배한테 밥 먹으러 오라고 문자 보낼까?" 소연은 갑자기 예전처럼 세 명이서 함께 밥을 먹고 싶었다.

"쟤, 바쁜데. 오려나? 문자 한번 보내 볼까?"

준혁은 폰을 꺼내고 예전 그때처럼 유헌에게 문자를 보냈다.

백연 - 땡초김밥 2단계, 2줄
준혁 - 해물볶음밥 1단계, 매운 떡볶이 2인분
유헌 - 땡초속참치김밥 2줄, 군만두 추가
12:40까지 lab 집결 바람

"지금도 매운 거 잘 먹으려나 몰라."

준혁은 혼잣말로 중얼거렸다.

12시 30분, 점심시간

"배달 왔습니다."

"벌써 왔네. 아, 유헌 선배는 못 오나 봐. 아니 그래도 문자 답을 해 줘야지."

소연은 내심 서운했다. 20대 청춘은 아니지만 30대, 40대, 50대를 지나오며 그 시절을 같이 추억할 수 없는 어른의 시간에 매번 아쉬움을 느꼈다.

"뭐, 어쩔 수 없지. 우리끼리 먹자."

준혁은 음식을 둘러싼 비닐을 벗겼다. 그러곤 땡초김밥을 얼른 한 알 입안에 넣으며 말했다.

'쾅!'

갑자기 랩실의 문이 열렸다. 그리고 그 자리에는 네이비색 정장을 입고 불투명한 비닐봉지를 손에 든 정유헌이 웃고 있었다.

"아니, 선배! 어떻게 왔어?"

소연은 너무 놀라 젓가락을 바닥에 떨어뜨릴 뻔했다.

"이것 봐, 또 매운 것 먹으면서 우유도 없이. 너네는 항상 우유를 빼더라. 그럴 줄 알고 내가 또 친히 이렇게 사 왔다니까."

유헌은 비닐봉지에 든 우유를 꺼내어 소연과 준혁 앞에 놓았다.

"초코우유 하나, 딸기우유 둘. 맞지?"

유헌은 빈자리를 찾아 앉았다.

"이 테이블에서 이렇게 셋이 같이 먹는 게 얼마 만이냐?"

유헌이 말했다.

"이거 먹고 나면 바로 화장실 달려갔던 거 기억나냐, 너네?"

준혁은 그 시절처럼 맵부심을 부렸다. 그러고 보면 준혁은 항상 땡초김밥을 욕심냈었다.

"시험 끝나면 무조건 땡초김밥이었지."

소연은 매운 떡볶이 국물을 한술 뜨며 말했다.

"야, 이거 먹으면 무조건 똥꼬에서 불나….”

준혁은 엉덩이 뒤를 막는 시늉을 했다.

"아 드러워, 진짜. 선배는 예전이나 지금이나….”

소연이 젓가락을 내려놓으며 말했다.

셋은 오래된 친구처럼, 아니 REM칩의 개발에 사용된 코딩 언어처럼 주고받는 익숙한 말장난 속에서, 30년이란 시간이 흐르지 않은 것처럼 행동했다. 마치 반짝이는 20대로 돌아간 것 같았다.

'똑똑.'

그때, 2층 랩실의 또 다른 선배가 문을 두드렸다.

"와~ 반가운 얼굴들이 많네, 너네는 아직도 붙어 다니냐? 지겹지도 않아?”

"오랜만이다. 지석아, 잘 지냈냐?”

유헌이 말했다.

"나야 뭐, 똑같지. 그나저나 소연아, 넌 이 두 사람 중 한 명과 결혼할 거 같았는데 전혀 아니네?”

"무슨 소리야. 내가 왜 이 두 사람이랑 엮여? 예전도 지금도 난 그럴 생각이 하나도 없어.”

소연은 손사래를 쳤다. 그 당시 대학교 과 사람들은 모두 준혁, 유헌 중 한 명이 소연과 썸을 타고 있는 중이라고 생각했다. 모르는 사람들이 보면 두 명의 남자와 한 명의 여자가 '캠퍼스 연애시대'라는 영화를 찍고 있었다. 소연은 웃음이 났다.

"그래, 소연인 결혼하고 애도 낳았지. 그러는 너네는 진짜 뭐냐? 너네는 결혼 안 해?"

지석은 준혁과 유헌에게 시선을 돌렸다.

"지석아, 내가 무슨 결혼이야. 유헌이라면 몰라도. 난 포기다. 내 생에서 결혼은 글렀어."

준혁이 말했다. 그러자 지석은 어이없다는 듯 머리를 절레절레 흔들었다.

"준혁아, 너같이 돈 많고 잘생긴 50대가 결혼을 안 하면 누가 하니? 요즘 50대도 결혼 많이 해. 애는 안 가져도 너랑 나이 비슷하고 잘 맞는 사람 만나서 노년 행복하게 보내더라. 좀 알아봐!"

"야, 유헌아. 너야말로 사람 좀 만나 봐. 정치인들은 와이프가 내조 잘해야 더 잘되는 거 아냐?"

준혁은 유헌을 보며 말했다. 이에 유헌은 "진짜 한번 만나볼까?"라고 작은 목소리로 대답했다. 그리고 더 작은 목소리로 혼잣말을 했다.

"예전이나 지금이나 사람 만나는 건 너무 어렵긴 해."

순간 정적이 흘렀다. 공기가 조용해졌다.

"이럴 때 뭐야?"

소연이 말했다.

"매울 땐 딸기우유지."

준혁은 딸기우유 팩을 뜯어 마시기 시작했다.

"유헌 선배가 딱 잘 사 오긴 했어."

소연도 거들었다.

"너넨 나 없으면 김밥이나 먹겠어?"

유헌도 딸기우유 팩을 집어 들고 웃으며 말했다.

그들은 서로를 쳐다보며 웃고 있었다. 그리고 그들은 각자 어디선가 서서 아주 멀리 떨어진 그때의 기억을 응시하고 있었다.

*
눈물의 각도

로하 엔터테인먼트 1층 연습실. 밤 11시

하진은 연습실의 조명을 모두 끄고 구석의 낮은 조명의 등을 하나 켰다. 사방으로 거울이 달린 연습실이었다. 하진은 REM-FACE 영상 5건을 수백 번 반복해서 보고 자신이 받은 대본과 비교하며 연습하고 있었다. 하진은 대본을 뚫어져라 쳐다봤다.

 # SCENE 7: 병원 분만실/새벽

[컷 설명]
장소: 산부인과 분만실(조명이 은은하고 낮은 공간, 조용한 긴장감 있음)

[인물]
윤아(주인공, 미혼모, 24세)

산부인과 간호사 1, 2(몸, 손만 등장. 얼굴 클로즈업 없음)
주치의(음성만 등장)

[SOUND]
윤아의 거칠고 끊어질 듯한 숨소리
배경음악 없음(정적 강조)

[카메라 방향]
클로즈업: 윤아의 이마 땀방울
롱테이크: 진통-분만 직후까지 컷 없이 감정 따라감

[감정]
분만 직전까지 고통스러움 표현. 분만 후 공포와 불안, 미래에 대한 불안감 등 복합적인 감정 표현

"휴."
 하진은 한숨만 나왔다. 대본에 쓰인 '감정'은 도대체 어느 정도의 영역인 것일까? 대표에게 당당하게 소리쳤지만 도무지 감정선이 잡히지 않았다. REM-FACE 영상 5건에 나오는 자신의 고통스러운 모습은 누가 봐도 극찬할 정도의 베테랑 수준이었다. 그런데 정작 그 장면을 본 하진은 생각이 더 많아졌다. 출산의 고통에 악에 받쳐 소리 지르는 자신의 모습이 너무나 낯설었고 흘리는 눈물도 가증스러웠다. '영화를 보러 온 관객분들도 이런 생각을 하면 어쩌지?'라는 생각에 차마 REM-FACE 영상을 더 보지 못했다.
 '내가 아닌데, 내 얼굴이네.'

그녀는 이어폰을 빼고 영상을 껐다.

'이건 누군가가 살아 낸 시간이고, 이 영상을 따라 하는 난 그저 재연 배우인가?'

배우란 경험하지 못한 일을 온몸으로, 표정과 대사로 표현해야 하는 직업이었다. 하진은 다시 연습실 바닥에 누웠다. 차디찬 바닥에 머리를 누이면 정신이 조금 들지도 모른다고 생각했다. 그리고 머릿속에서 다시 분만실의 분만 베드를 떠올렸다.

다음 날 촬영장. TAKE 5

감독님의 '액션'이 떨어졌다. 윤아(하진)는 분만 베드에 누운 채 호흡을 가다듬고 어제 수백 번 봤던 REM-FACE의 영상 대신 자신 안의 정적에 귀를 기울였다. 그녀는 진통을 묘사하는 과격한 소리나 떨림, 몸을 표현하지 않았다. 눈알의 핏줄이 터질 듯 외치는 비명 소리도 내지 않았다.

"마지막이에요! 힘주세요! 산모님!"

간호사의 외마디를 끝으로 윤아(하진)는 긴 호흡으로 힘을 주었고 아기는 태어났다.

"하아… 하아…."

윤아는 초점 없이 허공을 응시했다. 밤새 긴 진통으로 다 갈라져 메

마른 입술이 소리를 내기 위해 움직였다. 하지만 너무 힘을 빼서인지 말은 나오지 않았다. 말을 하기 위해 살짝 벌어진 입술을 의사, 간호사 그 누구도 알아차리지 못했다.

아기의 울음소리가 들렸다. 아기가 있는 방향으로 고개도 돌리지 않았다. 윤아(하진)는 그럴 수가 없었다. 애초에 이 고통은 무엇을 위한 고통인가? 윤아(하진)의 눈에 눈물은 흐르지 않았다.

거기에는 눈물을 흘릴 만큼의 기쁨, 기대감, 안도감이 없기 때문이라고 윤아(하진)는 생각했다. 끝내 눈물은 흐르지 않는다. 윤아(하진)는 아기가 있는 반대 방향으로 고개를 돌린다.

"컷."

감독님의 컷 소리와 함께 정적이 흘렀다. 촬영감독은 모니터에 기록된 클로즈업을 재생하다 말고 하진에게 다가왔다. 그리고 조용히 속삭였다.

"아프고 고통스러워하는 표현보다 훨씬 임팩트 있긴 했어. 잘했어."

그리고 촬영장 뒤편엔 로하 엔터의 대표 지훈이 하진의 연기를 모니터링하고 있었다.

'생각보다 똑똑한 배우야, 하진은. 관객들은 오히려 저 고요함에 숨을 멎고 볼지도 모르겠어.'

촬영이 끝나고 온몸에 힘이 빠진 하진은 분만 베드에서 일어나 침대에 걸터앉았다.

촬영감독이 하진에게 말했다.

"하진 씨가 연기한 고통, 눈물의 부재, 내가 잘 살려 볼게."

빈칸과 주름

「기선법」이 시행되고 월 4회 이상, 또는 주기적으로 기억을 삭제하는 이른바 Forgetists(무기억주의자)들의 움직임도 활발해졌다. 어떤 좋은 안건이라도 언제나 예외 상황, 부작용은 발생하기 마련이다.

그들(Forgetists)은 '기억이란 존재 자체의 굴레'라 믿고 정기적으로 기억을 지우는 사람들이었다. 일상적인 생활에는 문제가 없지만 때때로 감정적 공허를 느끼기도 했다.

하지만 그런 공허감이 느껴진다고 한들, 기억은 이미 삭제된 상태로 삭제된 범위(REM Code)만 확인 가능할 뿐이었다. 정부는 주 4회 이상 부분적 기억을 지우는 사람들을 대상으로 한 달에 한 번 무료로 상담을 받을 수 있도록 기억재활센터를 운영했다.

세현은 그런 사람들을 모니터링하고 치료하기 위해 기억 재활 간호사로 일하고 있었다.

"풋."

세현은 갑자기 웃음이 났다.

기억정제사인 엄마, 정신과 의사인 아빠, 기억 재활 간호사인 자기의 모습은 '기억'에 지배당하고 있는 현실판 노예라고, 갑자기 그런 생각이 들었다.

"김승우 님, 들어오세요."
세현은 서울 중앙기억재활센터에서 오늘의 3번째 상담을 시작했다.
"승우 님, 오늘 기분은 어떠신가요?"
"모르겠어요. 저번 주에 Re:MEM에서 기억을 삭제했는데 큰 변화는 잘 모르겠어요. 아침에 눈을 떠 씻고 간단히 밥을 먹고 회사에 가요. 가서 4시간 일을 하고 점심을 먹어요. 점심을 먹은 뒤, 동료들과 커피를 사서 산책을 해요. 그리고 다시 4시간 일을 하고 집으로 와요. 집에 와서는 씻고 맥주를 한 캔 마셔요. 그다음은 모르겠어요."
"저번 주에 기억을 지워서 '좋다'라고 느끼는 부분은 있나요?" 세현은 질문했다.
"아무 생각이 안 든다는 거, 그게 좋은 점인 것 같기도 하고. 주말 내내 늦잠 자고 오후 늦게 일어난 것처럼 머릿속이 상쾌하기도 해요."
"맞아요, 기억을 주기적으로 삭제하는 사람들의 공통점이기도 하죠. 그렇다면 친구나 연인, 회사 생활, 일상생활을 하면서 사람들과 대화할 때 조금 답답하다는 생각이 드나요?"
세현은 물었다.
"그런 것 같기도 하고, 답답함보다는 머릿속에 빈칸이 띄엄띄엄 생기는 것 같긴 해요."

승우는 자신이 느끼는 감정이 공허함인지, 답답함인지, 어떤 형태의 감정인지 구분하는 것이 어렵다고 했다.

"승우 님, 차는 어떤 것을 좋아하시나요? 전 보리차를 따듯하게 해서 자주 마셔요."

"전, 커피? 아이스아메리카노를 매일 한 잔씩 마셔요."

"그럼, 아이스아메리카노를 마실 때 드는 생각이나 기분은요? 어때요?"

"보통, 점심을 먹은 뒤 한 잔씩 마시거든요. 커피를 왜 마실까요? 더워서? 사람들이 마시자고 해서? 내 의지로 마시는 걸까요? 모르겠어요. 커피를 마시는 행위에 대한 감정은 빈칸이에요."

"그럼 다음 상담까지 커피를 마시는 행위에 대한 승우 님의 감정 그리고 기분을 생각해서 와요. 그 뒤에 다시 이야기해 보죠."

세현은 여러 이야기를 듣고 물어보고 공감해 주기보다는 '커피를 마시는 행위에 대한 감정'처럼 어떤 사물, 상황에서 느껴지는 생각, 자신의 감정을 체크할 수 있도록 상담을 했다. 그 과정에서 소리나, 색, 어떤 촉각을 느낄 수 있는지 파악을 하고 감정 레이블링을 했다.

소리가 생각나는 경우는 마지막으로 기억나는 소리에 대해서 이야기를 했고, 촉각을 기억해 냈다면 어떤 종류의 질감인지, 연상되는 사람이나 장면이 있는지 물어보고 이야기를 이어 나갔다.

상담실 문을 나서려는 순간 승우는 세현을 보며 물었다.

"저기, 간호사님. 간호사님은 보존자죠? 어때요? 기억을 삭제하지 않고 산다는 건 어떤 건가요?"

세현은 옅은 미소를 띠며 말했다.

"힘들어요. 기억을 삭제하지 않아도 기억이 안 날 때도 있고요. 저도 승우 님처럼 머릿속에 빈칸이 있어서 그게 무엇인지 찾고 있는 중이에요."

"그래도 삭제자인 저랑 다른 점은 있을 거잖아요."

승우가 말했다.

"전, 그래도 빈칸보다는 주름이 조금 더 많은 것 같긴 해요. 그 주름 덕에 오늘의 제가 어제의 저를 이해하기도 하고요."

*
널 위한 미역국

세현의 집. 밤 10시

세현은 일찍 잠자리에 들었다. 기억 재활 간호사의 일은 그렇게 힘들지 않지만 오늘은 아무 생각도 하지 않고 쉬고 싶었다. 휴대폰은 거실에 두고, 방 안의 모든 불을 껐다. 머릿속 주름도 쉬게 해 주고 싶은 날이었다.

"엄마, 마른미역 500원 동전만큼, 소고기도 딱 그만큼만 있으면 돼?"
9살의 세현은 미역국을 끓이기 위해 엄마를 계속 불렀다.
"엄마, 미역은 물에 불려야겠지? 소금이 남아 있으면 안 된대! 참기름을 넣어도 될까? 엄마?"
볕이 부드럽게 드리운 부엌에서 9살의 세현은 엄마와 함께 미역국을 끓이려 하고 있다.

뜨거운 냄비는 엄마가 잡고, 어린 세현은 커다란 볶음용 국자를 들고 있었다. 참기름의 고소한 냄새가 풍겨 오는 그런 어린 날의 모습이었다.

'꿈인가?'

전지적 시점처럼 세현은 어린 날의 자신의 모습을 보고 있었다.

늘 꿈을 꿀 때는 세현이 하늘에서 내려다보고 있는 구조였다. 이번엔 어린 날의 세현이 주인공인 듯했다. 보글보글, 10분 정도 끓인 미역국을 커다란 국그릇에 담는다.

"엄마, 식혀야 해. 안 그러면 다칠지도 몰라."

어린 세현은 어느새 부채를 들고 와서 미역국 위에서 부채질을 했다.

'누구 주려고 저러는 거지?'

꿈속의 세현은 생각했다.

"다 식었어, 엄마. 이제 그릇에 담자."

그때 저 멀리서 무엇인가 다가오고 있었다. 점점 가까워진다. 어렴풋한 형체는 가까이 다가올수록 점점 선명해졌다.

'조금만, 더.'

세현은 간절하게 두 손을 모아서 바라봤다.

그때 반짝하고 눈을 떴다. 그럼에도 세현은 아직 꿈인지 현실인지 분간이 어려울 정도로 혼란스러웠다.

'아, 꿈이었구나. 조금만 가까이 오면 볼 수 있었는데.'

늘 이런 식의 꿈이었다. 허공을 허우적거리던 팔이 늘여졌다.

잡으려 하면 깨 버리고, 없어져 버리는 무언가. 언제나 잔물결처럼 투명하게, 조용하게 공기 속으로 사라져 버렸다.

코코아 한잔

꿈을 꾸고 난 뒤 밤새 잠을 뒤척인 세현은 책상에 앉아 스탠드 불을 켜고 일기를 썼다.

꿈에서 자신은 미역국을 끓이고 있었고 9살이었다. 기억나는 것들만 적었지만 아주 조금은 머릿속 빈칸이 메워지는 것 같았다. 어제 상담했던 승우 님도 이런 기분일지도 모른다고 생각했다.

새벽 4시 10분

다행히 오늘은 토요일이다. 평소 같으면 잠을 설쳐서 오전 내내 피곤했을 텐데 다행히 주말이었다.

세현은 잠을 못 잔 날은 항상 오후 3시까진 잠이 깨지 않았다. 하지만 3시 이후로는 정말 거짓말처럼 눈이 똘망똘망해지고 잠이 달아났다. 그래도 오전 내내 몽롱한 상태에서 하루를 시작하는 건 너무 힘든 일이었다.

'똑똑.'

"네."

뜨거운 김이 퍼진다. 현우는 머그 컵 하나를 가지고 세현의 방으로 왔다.

"잠시 앉아도 될까?"

현우는 의자에 앉으며 세현과 눈을 마주쳤다.

"네, 아빠. 그거 코코아예요? 저 주려고요?"

"응, 우리 딸이 코코아 한 잔 필요할 것 같아서."

현우는 세현을 초등학생 때부터 캠핑장에 가끔 데려갔다. 그리고 아침에 일어나 코코아를 한잔하며 딸과 이런저런 이야기를 했다. 친구 상담, 진로 상담, 세현이 세상에 궁금한 모든 것들을 친절하게 설명해 주었다. 세현도 캠핑장에서의 아빠와의 아침이, 그 공기가 너무 좋았다. 서늘한 가을은 시원함대로, 추운 겨울은 매서운 추위대로 느끼며 후후 불어 마시는 코코아의 그 맛이, 그 따뜻함이 세현에게는 소중했다.

현우는 늘 세현의 눈빛에 시선이 갔다. 세현은 모닥불을 보며 코코아 마시는 것을 참 좋아했다.

가끔 불빛이 반사된 눈동자에 기쁨도 슬픔도 아닌 그저 멍한 무게감 없는 감정을 비칠 때마다 현우는 심장이 덜컥 내려앉았다. 현우는 그 눈빛을 오래 봐 왔다. 외래 환자들이 자주 보였던, 감정이 기억을 덮어

갈 곳을 잃은 그런 눈빛. 그래서 아무리 바빠도 한두 달에 한 번은 꼭 캠핑장에 세현을 데려왔다.

　정신과 의사로서 접근하기 힘들지만 아빠로서 아이를 지켜보는 시간이 현우에게는 필요했다. 그리고 언젠가는 딸 세현이 외부에서 진실을 아는 것보다 스스로 자기의 감정을 회복하기를 간절히 바랐다.

*
텅 빈 네트

서울정부청사 제2외교전략 회의실. 오전 10시

정유헌은 회의 테이블 중앙에 앉아 조용히 커피잔을 내려놓았다. 김시진 외교부 장관이 말문을 열었다.

"프랑스 쪽에서 이번 회담을 '미래 윤리 기술 외교의 분수령'으로 보고 있습니다. 특히 Re:MEM의 데이터 윤리 가이드라인과, 현재 개발 중인 10세 이하 아동 대상 칩 개발에 대한 우려를 비공식적으로 전달해 왔습니다."

정유헌 국가기억윤리위원장이 말했고, 둘은 번갈아 의견을 나눴다.

"유럽은 언제나 윤리에서 정치로, 돈으로 이어지죠. 기억 삭제 기술을 원하지만 항상 우려를 먼저 표합니다. 우리도 기술을 주기 전까지 사람이 먼저라는 것을 보여 줘야 합니다."

"프랑스는 Re:MEM의 국제 판매 승인을 현재 보류 중입니다. 대신 자국에서 일부 시범 적용을 원하고 있어요. 심리 재활 병동에서 적용하는 것으로 의견이 모아진 듯합니다."

"우리가 기술을 주는 만큼, 철학과 같이 건네야 합니다. 단순히 이 기술이 상업화되면 나중에 외교적 분쟁이 발생할 것입니다. 국가 간의 공조와 공존이라는 명분을 내세워야 합니다."

유헌에 말에 모두 고개를 끄덕였다.

유헌의 그 말은 진심이었다. 유헌은 편안하게 Re:MEM 연구원으로 돈 걱정 없이 살 수 있었다. 하지만 한 기업의 기술력만으로는 오래 살아남을 수 없었다. 그 기업이 적어도 백 년을 유지하기 위해서는 정치와 외교적 분쟁이라는 장애물을 어느 정도 비껴가야 가능하다는 것을 유헌은 알고 있었다.

자신의 20대, 30대의 시간이 전부 녹아든 Re:MEM에서의 연구 생활과 직원들, 그리고 사랑하는 사람들을 위해서 유헌은 자신이 할 수 있는 일을 하기로 결심했다. 그것이 그가 정치판에 들어온 이유였다.

"기억, 그리고 그 기억을 다루는 기술이 국가 간 외교적 카드로 쓰일 때가 언젠가는 올 겁니다. 우리는 그 카드가 언제 적절하게 대외적인 명분을 가지고 쓰일지, 쓰이기 전에 어느 정도의 준비와 방어를 해야 할지 항상 생각해야 합니다. 오늘 회의는 이쯤에서 마치겠습니다."

"위원장님, 다음 주 내에 골프 한 라운드 어떠십니까?"

회의가 끝난 직후, 몇몇 의원들이 유헌 주위로 삼삼오오 모여들었다. 유헌은 회의 자료를 정리하다가 손을 멈췄다.

"골프는 아직도 저에겐 어려운 운동입니다."

"아이고~ 어렵긴요. 다 정치판에서 하는 거지, 운동만 하나요. 사람 만나는 판인 거 아시지 않습니까? 요즘 다들 윤 회장님 쪽이랑 섞이는 중이라…."

유헌은 가방에 다시 서류를 넣으며 말했다.

"그러니까요, 저는 아직 사람을 만나는 게 좀 낯설어서…."

의원들 사이에서 잠깐의 정적이 흘렀다. 늘 이런 식으로 관계를 잘라 낸 유헌이었다.

유헌은 항상 털어도 먼지 안 나올 것 같은 언행을 일삼았다. 심지어 가족도 없는 유헌은 여당, 야당의 모든 정치 세력들이 견제했다. 언제든지 대권에 도전하면 큰 파장을 일으킬 인물임을 알기에 모두가 그를 적으로 돌리지 않으려 했고, 좋은 관계를 유지하려 애썼다.

"전, 실내 테니스는 조금 칩니다. 바람이 없어서 제 감정도 잘 흔들리지 않고 운동에만 집중할 수 있거든요."

유헌은 서류 가방을 닫고 일어서서 회의실을 나갔다.

Re:MEM 별관 스포츠 센터 실내 테니스 코트. 오후 8시

유헌은 오랜만에 준혁을 불러냈다. 둘은 한 달에 3번 정도 만나 같이 테니스를 쳤다.

준혁은 Re:MEM의 사원들이 늘 운동으로 좋은 컨디션을 유지하기를 바랐고, 별관을 지어 1층부터 5층까지 헬스장과 필라테스, 요가, 수영 등 다양한 운동시설을 제공했다. 5층에는 자신의 전용 실내 테니스 코트를 만들어 유헌의 정치적인 스트레스를 날려 보내 주기도 했다.

'탕! 탕!'

바닥에 깔린 블루 하드코트가 요란한 소리를 내었다. 유헌은 오버헤드 스매시를 날린 뒤 젖은 앞머리를 쓸어 올렸다.

"야! 살살 쳐! 오늘 무슨 일 있었어?"

준혁은 간신히 공을 받고 소리쳤다. 속내를 잘 드러내지 않고 말도 없는 유헌이었다. 준혁은 그런 유헌을 알기에 공 치는 것만 봐도 어떤 감정인지 짐작이 가능했다.

30분 동안 공은 쉼 없이 두 사람 사이를 오고 갔다. 서로의 이마에서 땀방울이 흘러내렸고 둘은 테니스 코트 위에 누워 대자로 뻗었다. 테니스 라켓을 딛고 유헌은 일어섰다.

"한 번 더, 쳐."

준혁도 따라 일어섰다. 유헌은 짧은 드롭 샷을 보냈다. 준혁이 네트 앞으로 달려들었다.

라켓의 볼을 살짝 들어 올리는 순간 유헌이 말했다.

"그때 말이야, 랩실에서 한 말."

"무슨 말?"

"나 이제 정말 다른 사람 만나 볼 거야."

준혁의 손에 힘이 조금 빠졌다. 라켓이 살짝 비틀려 공이 네트에 걸렸다. 탕 탕, 공이 바닥에 두 번 튀었다. 준혁은 멍하니 유헌을 바라봤다.

"난 또 뭐라고."

퉁명스럽고 대수롭지 않게 준혁은 답했다. 그리고 다시 공을 던졌다.

"우리 곧 60살이야. 얼굴 본 지 30년이라고. 이미 의지할 대로 의지했고 묶어 두는 관계가 다가 아니란 걸 아는 나이잖아. 너 하고 싶은 대로 해. 진심이야."

수천 번 연습했던 말이었다. 준혁은 언젠가는 유헌이 이런 말을 할 것이라 예상했다. 마음속으로 수천 번 되뇌었던 말이지만 입꼬리가 떨리고 입술이 바싹 마르는 것 같았다. 준혁은 고개를 끄덕였다. 그리고 밝게 미소 지었다.

"나, 이제 테니스 치러 안 와. 오늘이 마지막이다. 고맙다는 말은 안 해. 세상 어떤 말로도 표현할 수 없는 감정이잖아, 우리."

유헌은 수건으로 얼굴과 이마의 땀을 닦으며 말했다. 그리고 테니스 코트를 아주 천천히 걸어 나갔다.

준혁은 사라진 유헌의 모습을 한참 쳐다보다가 풀썩 주저앉았다. 실내는 잿빛으로 흐려졌다. 준혁은 테니스 라켓을 손에 쥐고 볼 바스켓을 내려다봤다. 노란 공이 한가득 담겨 있다. 아직 유헌과의 랠리할 때의 잔열이 손바닥에 남아 있었다.

그는 테니스공을 하나 집어서 땅바닥에 튕겼다.

'툭, 툭, 툭.'

공은 리듬감 없이 바닥을 닿았다가 튀면서 조금씩 멀어져 갔다.

준혁은 눈을 감았다. 공을 계속 던져도 더 이상 공이 돌아오지 않았다. 네트만이 제자리에 서 있었다. 30년 넘게 주고받던 두 사람의 랠리는 이제야 끝이 났다.

★
봄볕 그리고 깊은 잠

서재 안은 고요했다. 준혁은 유헌과의 테니스를 끝낸 후 집으로 돌아와 씻고 자리에 앉았다.

'째깍째깍.'

시계 초침 소리마저 둔하게 들릴 만큼의 무거운 공기였다. 숨 막히는 고요함 그리고 그 무게에 짓눌린 준혁은 의자에 머리를 젖혀 눕듯이 앉았다. 잠시 후 일어나 서재 안 책장 앞에 멈춰 섰다.

준혁은 손끝으로 한 권의 책을 꺼내 집어 들었다. 《기억의 시작과 그 끝》이란 책에 눈길이 멈춰 섰다. 준혁과 유헌 그리고 소연이 처음으로 집필한 논문들이 실린 공동의 논문집이다.

책을 넘기던 준혁은 책 안에 사진 한 장이 있음을 알게 되었다. 꽤 오래전 사진이었다. 유헌과 둘이서만 찍은 처음이자 마지막 사진이다. 대학교 졸업 논문으로 그들은 각자 논문을 준비했고, 논문을 다 써서 낸 날을 기념하며 찍었던 사진이었다.

항상 준혁, 유헌, 소연은 함께 사진을 찍었다. 그런데 그날 소연은 준혁과 유헌에게 둘이서만 한번 찍어 보라고 이야기를 했다. 그래서 고맙게도 둘이서 찍은 사진을 가질 수 있던 준혁이었다.

 준혁은 책을 덮어 한 손에 쥐고 책을 쓰다듬었다. 서재의 커튼 틈 사이로 달빛이 흐릿하게 들어왔다. 책상에 책을 놓아두었다. 달빛이 책상의 책을 투과하지 못하고 부딪쳐 잔상을 만들었다. 그 속엔 20대의 준혁과 유헌이 있었다.

 준혁은 20살, 처음 유헌을 만났을 때를 떠올렸다.

 "인지과학과에 입학한 여러분, 반갑습니다. 서울과학대 총장 도현재입니다. 우리 인지과학과는 공대와 의대, 문과대 학문이 융합한 새로운 형태의 학문입니다. 인지과학과는 기술이자 책임입니다. 여러분의 연구가 미래의 새로운 기술로 인해 앞으로 인간이 조금 더 나은 삶을 살기를 바랍니다. 다음 순서로, 우리 과를 1등으로 입학한 정유헌 학생의 기술선언문 낭독이 있겠습니다. 정유헌 학생, 단상 앞으로 나와 주세요."

 유헌이 단상에 올라서자 학생들의 웅성거림도 사라졌다.

 "반갑습니다, 인지과학과 1학년 여러분. 정유헌입니다. 선서! 서울과학대학교 인지과학과 07학번 정유헌은 이 자리에 서서 기술의 무게를 지고 연구하며 인간을 이롭게 할 것을 선언합니다."

 박수 소리는 크게 약 2초간 들렸다. 총장은 고개를 끄덕였고, 준혁은 학생석에서 유헌을 바라보았다. 유헌은 1학년 때부터 바쁜 날들을 보냈다. 장학금을 받기 위해 늘 도서관에서 살았으며, 틈틈이 고등학생 수학 과외를 병행해서 생활비를 벌었다. 보육원에서 생활했던 유헌은 대학교 기숙사에서 먹고 자며, 쉴 틈 없이 살았다.

그런 유헌을 보며 준혁은 자신이 유헌에게 마음으로 의지할 수 있는 친구가 되기를 바랐다. 경제적인 어려움 없는 아버지를 둔 준혁은, 아버지 덕분에 대학을 졸업하자마자 Re:MEM을 설립할 수 있었고 제일 첫 번째로 유헌을 영입했다.

준혁은 유헌과 랩실에서 연구하며 밤을 새우던 20대의 어린 날들이 계속되기를 바랐다. 이 순간이 인생에서 제일 좋은 순간이라면 영원히 시간이 멈추기를 마음속으로 몇 번이나 생각했는지 모른다. 대학교 정문에서 인지과학과까지 걸어오는 15분의 시간에도, 봄볕이 여름의 뙤약볕으로 바뀔 때도, 바스락거리는 나뭇잎이 발에 밟힐 때도, 그들은 그렇게 서로 한 뼘 옆에 서 있었다.

함께 시간을 보내며 기억을 쌓고 그 기억을 추억으로 남기는 일. 그것은 바쁜 유헌이 준혁에게 할 수 있는 최고의 선물이었다.

밤샘 공부를 하며 잠시 책상에 누워 잠을 잘 때, 조용하게 자신의 옷을 덮어 주던 준혁이었고, 캔 커피를 책상에 놓아 주던 준혁이었다. 시험 족보를 가져와 복사해서 주던 준혁이었고, 대학교 재학생 지원사업 및 과학누리사업의 혜택도 찾아서 알려 주던 준혁이었다. 햇살 좋은 날, 학과 옆 커피 자판기에서 커피를 마실 때도 자신의 옆모습을 바라보던 준혁이었고, 장맛비가 거세게 내리는 날엔 기숙사로 돌아가지 말고 랩실에서 잠을 자자고 조르던 준혁이었다.

그렇게 1년, 2년 그 이상의 시간이 흘렀고 다시 새벽이 왔다. 데스크톱의 백색 화면이 랩실을 물들인 순간, 준혁은 기지개를 켰다.

유헌은 랩실 중앙에 있는 긴 테이블에서 베개도 이불도 없이 몸을 웅크린 채 잠을 자고 있다. 잠든 유헌의 머리칼 끝에 새벽빛이 내려앉았다. 준혁은 그 빛에 자신의 손가락을 얹었다.

언제부턴지 모르지만 유헌은 준혁의 따스함 덕분에 깊은 잠에 들 수 있었다. 서로를 바라보는 따뜻함이 느껴지는 날들이었다. 그들의 감정들은 아직 다 자라지 않았지만 그때야말로 가장 향기롭고 순수했다.

*
감정의 주체

2045-07-0590 김희문(38세) 님, 이력 업로드 완료: 대기 상태 (AM 10:00)

소연은 오늘의 REM 대기자의 정보를 확인했다.

문이 열리고, 30대 초반이라고 해도 믿을 정도의 젊고 훤칠한 남성이 들어왔다. 2010년, 아니 그전부터 인간은 노화의 속도를 늦추기 위해 많은 노력을 했다. 이너뷰티 화장품과 식품들, 안티에이징 제품들, 피부과 진료, 운동 등을 통해 인간은 자신의 나이보다 젊어 보이게 옷을 입었고, 그로 인해 새로운 사람을 만나도 나이를 직접적으로 물어보지 않는 이상 겉으로 나이를 판단하기는 어려웠다. 30대가 20대 초반으로, 40대가 30대 초반으로, 60대가 50대 초반으로 보이는 일은 시대의 트렌드같이 삶에 스며들었다.

"안녕하세요, 김희문 님."

"안녕하세요."

"REM 삭제 요청을 신청해 주셨습니다. 오늘은 대상 기억을 분류하고 감정 파형과 해당 기억을 정제하는 절차로 진행됩니다."

10년 넘게 REM 상담을 진행한 소연은 자연스럽게 말을 건넸다. 그리고 REM 스캔 데이터를 훑다가 뭔가 이상한 점을 발견했다.

'어?'

소연은 다시 한번 REM 스캔 데이터를 빠르게, 그리고 정확하게 보았다. 그리고 투명 디스플레이를 희문 앞으로 돌렸다.

"희문 님이 삭제를 요청하신 그 기억은 현재 구조상 존재하지 않습니다."

희문은 믿을 수 없다는 얼굴로 소연을 바라보았다.

"그럴 리가 없어요. 저번 주 회사 프레젠테이션에서 망신당한 기억이 없다고요? 다시 한번 제대로 봐 주세요. 그 일 때문에 제가 며칠간 퇴사 고민까지 하고 엄청 힘들었다고요."

"이 영역대를 한번 봐 주세요. 이 부분이 저번 주 희문 님의 REM data입니다. 보시면 그날 회의 시간 전체의 로그, 칩 내 언어기억, 희문 님의 표정 스캔 모두 분석했는데 그런 장면은⋯ 없는 것으로 확인됩니다."

"분명, 회의실에 있던 동료들도 절 비웃었는데⋯."

소연은 조용히 고개를 저었다.

"그럼, 전 혼자 착각하면서 일주일이나 회사를 그만둘까 고민했던 건가요?"

희문이 말했다. 그러나 소연의 눈빛은 흔들리지 않았다.

"우리 뇌는 수치심에 아주 민감하기도 해요. 한 번의 불안이 전체의 기억을 덮고 점점 확장해 나가기도 하죠. 너무 예민하신 경우에 이런 일이 발생하기도 합니다."

희문은 미소 아닌 미소를 지었다.

"기억을 지우려 했는데 그 기억이 없었다니…."

소연은 부드러운 미소로 답했다.

"기억이 없다고 감정이 없는 건 아니니까요. 이런 케이스의 상담자 분들을 가끔 봅니다. 그래서 저희는 희문 님과 같은 현상이 발견되는 경우 '기억 삭제' 전에 '기억 이해'를 먼저 하자고 말씀드려요."

"그럼요, 기억은 없는데 아직 제가 가진 수치스러움은 뭘까요? 가슴이 답답하고 목이 막히고 사람들이 절 볼 때 또 뒤에서 나를 조롱하는 것 같아요. 그 감정은 어떻게 하면 될까요?"

소연은 모니터를 잠시 껐다. 그리고 그의 눈을 지긋이 바라보았다.

"기억을 저장하는 곳과 감정을 처리하는 영역은 달라요. 대부분 어떤 기억으로 인해 감정까지 연결되는 경우가 있는 반면, 희문 님이 느끼는 '수치심'은 기억이 아닌 자기 인식 안에서 만들어 낸 거예요. 지금 희문 님은 감정을 먼저 저장한 채 그 위에 가짜 기억을 덧씌운 상태라고 판단돼요."

희문은 도무지 이해가 안 된다는 얼굴로 소연을 쳐다봤다.

"이럴 때는 기억 정제가 아니라 '감정 회복치료'가 필요합니다.

"감정을 치료한다고요?"

"네, 그때의 감정을 떠올릴 때마다 호흡과 심박, 근육의 반응을 교정하는 감정 기반의 치료 기법이 있어요. 일종의 정서를 정리하는 프로

그래밍입니다. 우리는 지울 수 없는, 그러니까 처음부터 없는 기억에 대해서는 감정을 정리해서, 원래의 기억을 다시 받아들일 수 있는 방식으로 치료할 수 있어요. 그 감정이 내 안에서 발생되었다는 것을 인지하는 것부터가 치료의 시작이죠. 기억이 아닌 감정의 왜곡으로 힘든 마음을 정제 기술이 아닌 스스로 감정의 주체가 되어 이해를 하는 것이에요. 필요하시면 치료 프로그램에 등록할 수 있도록 도와드리겠습니다."

★
기억의 문 앞

"우리 딸, 엄마랑 차 한잔 어때?"

소연은 요즘 들어 생각이 많아 보이는 세현에게 말했다.

"회사 일은 어때? 할 만해?"

"응. 일은 뭐 아직 배우는 단계지, 뭐. 사람들과 만나면서 그 사람들 생각과 감정을 읽고 대화를 하는 것들이 그 사람들에게도 나에게도 많은 도움이 되는 것 같아."

세현은 말했다.

"근데 엄마, 나 말이야. 혹시 어릴 적에 어땠어?"

세현은 찻잔을 만지며 조심스럽게 소연에게 물었다.

"무슨 말이야? 갑자기?"

소연은 손에 들고 있던 커피 잔을 식탁에 내려놓고 의자에 앉았다.

"아니, 그냥 모르겠어. 며칠 전엔 아주 어릴 적에 내가 엄마랑 미역국을 끓이는 꿈을 꿨는데 꿈을 깨고 나서도 다운된 기분이 사라지지 않아서 말이야."

세현은 찻잔의 테두리를 손끝으로 매만졌다.

"세현아, 꿈은 그 사람의 무의식을 투영하기도 하지만, 때론 아주 연관성 없는 꿈을 꾸기도 해."

"나도 알지."

세현은 손을 뻗어 식탁에 놓인 아몬드 한 알을 입에 넣었다.

"엄마가 기억하는 우리 딸의 어릴 적은, 항상 호기심이 많고 말을 재잘재잘하고, 밤에 잘 때 엄청 무서워했고, 먹을 것을 아주 좋아했고, 운동은 조금 하기 싫어했던 그런 아이였던 것 같은데?"

소연은 어린 날의 세현을 떠올리며 아몬드를 두 알 집어 입에 넣었다.

"엄마, 근데 초등학교 1학년, 2학년 때 기억 정도는 어른이 되어도 생각나지 않을까? 내 친구들은 가끔 그때 일을 말하거든. 친구들과 부모님들과 같이 놀이동산 갔던 일들이나, 양 떼 목장을 갔던 일들, 처음 해외여행 갔던 일 같은 거. 친구들은 아직 그런 게 생각이 난대."

"맞아. 그런 어린 날의 기억들이 아직도 생각날 수 있어. 선명하게 모든 것을 기억할 순 없지만 그때의 기분이나 감정이 마음에 먼저 각인되고 뇌에도 저장이 되겠지. 그러면 그때 기억을 어른이 되어서도 생각할 수는 있을 거야."

소연은 말했다.

"근데 난 그런 기억들이 많이 없는 것 같아."

세현은 눈을 동그랗게 뜨며 양손의 주먹을 불끈 쥐고는 한쪽 눈썹을 찡그렸다.

소연은 그런 딸을 보며 세현의 어깨를 가볍게 잡았다.

"우리 딸, 그렇게 갈 곳 없는 생각들이 떠오를 땐 머릿속을 환기시켜 주는 것도 방법이야. 산책하러 가자!"

기억 보존자로 살아가는 딸. 기억의 문 앞에 서 있는 세현을 보며 소연은 자신의 과거를 떠올렸다. 그리고 세현이 혼란과 불안의 문 앞에 서 있음을 직감했다.

*
어둠을 읽는 자

국회 내부 태극기 회의실

"이 정도 수익이면 SJ 기업도 긴장해. 심지어 인력 80%가 반공공기관 출신이야. 민간투자 경영으로 시작했어도 NID-7 바이러스 이후로 국가와 긴밀하게 협력하고 있다고. 우리가 키운 거나 다름없어."

"지금부터라도 잡아야 합니다. 과세 기준 바꿔야 돼요. 디지털 자산 사용료, 기억 데이터 상업 활용세 같은 것을 신설해야 합니다."

야당 예결 간사가 여당기재위원장의 말에 동의한다는 어조로 말했다.

"저긴, 국가가 통제 못 하면 정보 무기가 돼. 언젠가 이 나라를 향해 총구를 겨눌 거라고."

무소속 의원 A가 앞에 두 사람의 말이 끝나자 기다렸다는 듯이 말을 이었다.

Re:MEM은 급속도로 성장하면서 국가보다 앞선 영향력을 가지는 민간 기업으로 확장되었다. 그러자 정치권에서는 이를 견제하려는 움직임이 물밑에서 이루어졌다. 모든 의원이 회의실을 나간 뒤 여당 몇몇 의원들은 은밀하게 이야기를 이어 나갔다.

[뉴스 기사]
- Re:MEM의 최근 3년 매출 성장률 43.8%
- 기억 삭제 B2C 정제 수익, REM FACE 상업 영상 수출 수익 증가
- 기억 데이터 기반 AI 훈련 시스템까지 판매 확장 고려 중

여당의 B 의원이 뉴스 기사를 가리켰다.
"이 기사를 좀 보세요, 여러분. 이런 기사 하나하나에 국민들의 생각이 얼마나 Re:MEM으로 기우는지. 이거 이러다 정유헌이가 다 해 먹을 겁니다, 앞으로."
여당의 B 의원은 침을 사방으로 튀기며 말을 했다.
"정유헌이도 사람이야. 먼저 사람을 흔들어 보자고. 털어서 먼지 하나 안 나오는 인간이 세상에 어디 있나? 과거부터 현재까지 다 조사해 봐. 그러다 보면 정유헌이 잡아 둘 수 있는 뭔가가 나올지 몰라. 정유헌 쪽부터 건드려 보고 정 안 되면 「특별 과세법」으로 때려 보자고."

해가 지고 초승달이 어슴푸레 창문을 비췄다. 유헌은 잠시 펜을 내려놓고 눈을 감았다. 그리고 창가에 서서 서울의 도심 야경을 바라보았다. 비서 김 실장이 조심스레 다가왔.

"위원장님, 여기저기에서 움직임이 심상치 않습니다. 연간 영업 이익 15조 이상인 회사에 최대 30%까지 특별 과세를 추진할 거라는 이야기도 들립니다. 아무래도 Re:MEM이 타깃이 될 듯합니다."

유헌은 고개를 끄덕였다.

"항상 명분은 있어야 하지. 국민을 위하는 척하지만 결국 국민들은 기업 하나 옥죄는 장기 말일 뿐이야."

"윤 회장이 이끄는 재정연합 쪽에서 뒷배가 있는 것으로 보입니다. 여당 일부 의원들도 그쪽 라인이고요. 차기 정무라인 쪽에서 일부 기자들과 비공식 접촉을 했다는 제보도 들어왔습니다. Re:MEM을 '기억 독점 기업'으로 몰아가려는 의도가 뚜렷합니다. 아마 다음 달 기획조정회의에서 공식 이슈화할 듯합니다."

비서가 집무실을 나간 후 유헌은 책상에 놓인 사진을 바라봤다. 준혁, 소연과 함께 찍은 사진이었다.

예측했던 일이었다. Re:MEM의 대표인 준혁은 기억 정제 기술 그 자체의 발전만을 위해 일한 사람이지만, 유헌은 달랐다. 유헌은 그 기술이 어디까지 휘둘릴 수 있는지 예측했다. 유헌은 지금 그 상황을 막기 위해 이 자리에 서 있었다.

유헌은 집무실 벽에 걸린 세계지도 앞에 섰다. 그리고 젊은 날 연구소에서 밤을 새우며 연구했던 준혁과 소연의 얼굴을 떠올렸다.

'우리가 먼저 전 세계에서 선구적인 기억 윤리의 모델이 될 수 있다고 믿었지. 그런데 정작 안에서 무너진다면, 그건 기술이 아니라 인간의 이기심 때문일 거야.'

유헌은 조용히 핸드폰을 꺼내 들었다. 손에 잡힌 화면 속 '윤태경 회장'의 이름을 내려다보았다.

그는 의자에 앉으며 천천히 통화 버튼을 눌렀다.

"아이코, 정유헌 위원장님. 바쁘신 분이 이 밤에 웬일이실까?"

윤 회장은 거들먹거리는 말투로 전화를 받았다.

"회장님, 정유헌입니다. Re:MEM은 제 뿌리입니다. 그리고 회장님은 이 나라의 흐름을 움직이시는 분이시죠."

*

검은 수면 위를 걷는 자

"회장님, 오랜만입니다. 여기서 이렇게 뵙습니다. 오늘은 회장님 덕에 몸 풀고 가겠습니다."

유헌은 말했다.

"우리 젊은 위원장님은 몸 좀 푸시게. 이 늙은이는 마음 푸는 게 우선이라…. 그래도 위원장이 먼저 연락 주다니, 내 살다 보니 이런 날도 있어. 허허."

윤 회장은 너스레를 놓았다.

윤태경. 윤 회장이라 불리는 이 작자는 국회의원이자 여당의 정책위원회 의장을 맡고 있었다. 수면 위로는 여당 내 입법 방향과 예산안, 국가 전략 과제 등을 총괄하며 수면 아래로는 당의 머니 탱크 역할을 했다. 주요 정치 자금 조달 및 정책 로비 창구, 선거 조직 관리 등을 주도했고 윤 회장 없이는 '아무 일도 되지 않는다'는 말이 나올 정도로 힘이 막강한 인물이었다.

캐디가 조용히 클럽을 건네며 그들은 라운딩을 시작했다. 윤 회장은 티샷을 시원하게 날리며 유헌 쪽을 슬쩍 바라봤다.

"Re:MEM 너무 커졌어. 국내외적으로 보는 눈도 많고 말이야. 위원장님도 알겠지만 여차하면 특별 과세까지 갈 거야. 그럼 기업 아무리 잘해야 몇십 년이지, 뭐."

유헌은 창자 끝에서 불꽃이 일었다. 하지만 아무렇지 않게 풀밭에 티를 꽂으며 고개를 끄덕였다.

"네, 알고 있습니다. 그래서 이렇게 회장님께 연락드리지 않았습니까?"

티샷은 곧고 멀리 날아갔다. 윤 회장은 눈썹을 살짝 올렸다.

"정치인은 말이야, 너무 깨끗해도 오래가지 못해. 내 손을 잡으면 당신도 어느 정도는 더럽혀지는 거야. 그럴 각오는 되어 있는 건가?"

"그 각오도 없이 제가 여기에 있겠습니까? 앞으로 잘 부탁드리겠습니다, 회장님."

윤 회장은 잠시 멈춰서 유헌을 바라봤다. 그리고 고개를 끄덕였다. 기분이 좋은 듯 윤 회장은 먼저 퍼팅을 성공시킨 후 카트를 향해 걸었다.

"위원장, 우리 앞으로 좋은 그림 그려 보세. 사진도 함께 찍고 말이야."

윤 회장은 유헌의 어깨에 손을 올리며 말했다.

"저는 그림이 아니라 앞으로 버틸 수 있는 구조를 회장님과 의논하고 싶습니다. 사진이야 어떻게 찍혀도 상관없습니다."

유헌은 티 박스에 올라서기 전에 잠깐 카트를 넘겼다. 미색이 출중한 캐디 한 분이 물병과 수건을 건넸고 유헌은 예의 바르게 고개를 숙이며 인사했다.

"아침부터 고생 많으십니다. 볕이 많이 뜨거워지는데 그늘도 없이 힘드시겠어요."

20대 후반의 젊은 캐디는 조금 당황한 듯 손으로 입을 가리며 웃었다.

"호호. 괜찮습니다, 위원장님. 요즘은 다 익숙해서요."

유헌은 수건을 한번 가볍게 펴서 접은 뒤 캐디에게 건네주었다.

"잠깐이라도 그늘 쪽에 계세요. 아직 한참 멀었습니다."

캐디는 머뭇거리다 조용히 고개를 끄덕였다.

윤 회장은 그 모습을 슬쩍 옆에서 보며 피식 웃었다. 그리고 중얼거렸다.

"깨끗한 손으로 흙밥을 어찌 먹나, 쯧…."

*
오래된 체념

[속보] 국민 정치인 정유헌, 윤태경 정책위원회 의장과 골프 라운딩 포착

[단독] '소신 정치인' 이미지 무너뜨리나? 젊은 여성 캐디와의 다정한 미소

"윤태경 정책위원회 의장과의 골프 라운딩을 단순한 운동이 아닌 정치적 거래의 일환으로 보는 분석이 나오고 있습니다. 특히 젊은 여성 캐디와 다정한 모습으로 찍힌 사진은 정 위원장의 평소 이미지와 상반되어 대중에게 적지 않은 충격을 주고 있습니다."

뉴스 기사마다 대중의 반응은 싸늘했고 댓글은 추잡스러웠다.

"난 정유헌은 정말 믿었는데 실망이야."

"윤 정책이랑 손잡으면 끝 아님?"

"캐디? 예쁘고 어리면 다 똑같지 뭐."

신문 헤드라인 및 포털 메인 기사에 도배된 정유헌의 사진을 보고 놀란 소연은 유헌에게 전화를 걸었다.

"선배, 이게 대체 무슨 일이야? 갑자기 윤 회장과 골프는 왜? 또 이

캐디랑 찍힌 사진은 뭐고? 대체 무슨 생각이야?"

소연은 숨도 안 쉬고 몰아붙였다.

"어, 소연아. 사진이 생각보다 잘 찍혔어.

유헌은 대수롭지 않게 말했다.

"장난해? 이거 웃고 넘길 일 아니야. 왜 그런 거야?"

"바람이 좀 세게 불 것 같아서, 그전에 내가 조금 흔들리기로 했어."

유헌은 말했다. 전화를 끊고 유헌은 Re:MEM에 근무했던 30대 때의 그 시절을 떠올렸다. 그때도 소연은 자신에게 물었다.

Re:MEM 별관 앞 커피 자판기 옆 나무 벤치

"선배, 우리 REM칩 개발도 어느 정도 안정화됐고, 나 물어볼 것 있어."

30살의 소연이 말했다.

"선배, 준혁 선배 마음 알지? 왜 알면서 모르는 척해?"

유헌은 커피를 한 모금 마시며 주위를 둘러보았다.

"어떻게 내가 그 마음을 모르겠니. 그 마음이 너무 커서 내가 담기가 힘들 정도야."

유헌은 발끝을 보며 말을 이어 나갔다.

"Re:MEM은 나에게는 집 같은 존재야. 준혁이도 마찬가지고. 어릴 적 방황하던 나를 따뜻하게 또 안전하게 거둔 건 준혁이고. 언제든 돌아와서 쉴 수 있는 공간을 지어 줘서 항상 고맙게 생각해 난. 그리고 난 그걸로 충분하다고 생각한다. 더 이상 욕심내는 건 내 이기심이야."
 "선배는 늘 그런 식이야. 자신의 감정은 꼭꼭 숨겨 두고, 남의 감정만 챙기는 그런…. 근데 말이야. 한 번쯤은 서로 솔직해질 순 없는 거야? 인생 한 번이야. 좋아하는 감정, 그거 쉽지 않은 거야."
 소연은 종이컵에 든 믹스커피를 원샷 하며 말했다.
 "잘 생각해 봐. 난 선배도 준혁 선배도 같은 마음이라면 이렇게 서로 마음을 눌러두고 살기엔 너무 시간이 아깝다고 생각해. 선배도 선배지만, 준혁 선배도 많이 힘들 거야. 평생 둘이 이렇게 선 그어 놓고 살 건 아니잖아? 가끔 그 선도 좀 넘어가고 그렇게 살아 봐. 부탁이야."
 유헌은 부드러운 미소로 말없이 고개를 돌렸다. 바람에 종이컵이 바스락거렸다.

 유헌은 그때의 기억을 떠올리며 혼자 웃었다. 웃음엔 아주 오래된 체념이 섞여 있었다.
 그렇게 지금까지 준혁과의 관계를 이어 오던 유헌이었다. 불꽃같은 감정은 언젠가는 불타서 사라지고 결국엔 한 줌의 재로 남을 것이라 여겼다. 그렇게 먼지처럼 사라지는 일은 없어야 했다.
 애초에 그 정도의 무게였다면 이렇게 힘들지 않았을 것이다. 날려 보내면 그만일 감정으로 여기기엔 준혁은 너무나 따뜻한 사람이었고, 그 온기로 인해 유헌은 항상 그 자리에 서 있었나.

*
침묵

준혁은 서재 옆 테이블에 앉아 한 손으로 왼쪽 머리를 움켜쥐었다. 기분 나쁜 편두통에 눈과 귀까지 지끈거렸다. 서재 한쪽 벽면에 설치된 스크린에서는 한 정치 시사 프로그램이 재방송되고 있었다.

"정유헌 위원장, 윤 회장과 골프 라운딩…. 정치 산업 유착 논란 일파만파."

"동행한 미녀 캐디와의 모습, 여론 '실망' 목소리 커져…."

스크린에는 유헌과 캐디가 함께 웃고 있는 사진이 클로즈업되어 나왔다. 사진 속 유헌의 미소는 어느 때처럼 침착했고 다정했다. 아무 말 없이 스크린을 바라보던 그의 눈썹이 아주 서서히, 아주 작게 꿈틀거렸다.

"하…."

작게 뱉은 말이 허공에 잠시 머물다 사라졌다.

준혁은 눈을 감고 생각했다. 그리고 아주 천천히 숨을 들이켰다. 뜨거운 숨이 발끝까지 자기를 삼킬 것 같았다. 두 주먹을 쥐었지만 손에 힘이 들어가지 않았다. Re:MEM 별관 테니스 코트에서 마지막으로 유헌이 했던 말이 생각났다.

"나 이제 정말 다른 사람 만나 볼 거야."

휴대폰 전화 목록-즐겨찾기 화면의 제일 위에 저장된 유헌의 전화번호를 보았다. 준혁은 유헌에게 전화를 걸까 말까 수십 번 고민하며 휴대폰을 잡았다가 다시 책상에 두기를 반복했다.

먼지가 된 것처럼 준혁은 바람에 이리저리 흔들렸다. 그리고 오늘, 온통 잿빛으로 물든 공간에서 서서 아무것도 하지 못하는 자신이 한심하게 느껴졌다.

*
조각의 자리

"세현아, 우리 오늘 한번 뭉쳐! 영화 보러 가자. 민지랑 셋이 2시에 백화점 앞에서 만나."

세현은 오랜만에 친구들과 시간을 보내기로 했다. 중학교 때부터 친했던 민지와 솔지는 세현의 단짝 친구들이었다.

"엄마, 나 친구들이랑 놀다 와요! 저녁은 먹고 들어올게!"

세현은 기억 재활 간호사 취업 직후 바쁜 날들을 보냈다. 친구들은 세현의 생일날에도 만나지 못했다며 토요일 주말부터 세현을 불러냈다. 그들은 항상 생일마다 새로운 맛집에 가서 서로의 생일을 축하해 주곤 했다.

"아, 이게 얼마 만의 영화야."

세현은 민지와 솔지를 보고 말했다.

"그래, 김세현, 너 너무 비싸게 구는 거 아냐? 누군 뭐 일 안 하나?"

솔지가 말했다.

"미안, 미안. 나 이제야 적응을 좀 해서. 앞으로 자주 나올게."

세현은 사과의 의미로 오늘 콜라와 팝콘은 자신이 쏜다고 말했다. 민지는 영화표를 예매하고 화장실에서 간 세현과 솔지를 기다렸다. 잠시 뒤 두 사람이 함께 밖으로 나왔다.

"야, 3분 남았네. 어서 들어가자."

민지가 말했다.

"근데, 무슨 영화야? 제목은 뭔데?"

세현은 오랜만에 보는 영화였어서 어떤 내용인지 궁금했다.

"어? 이거? 〈열 번째 봄〉이란 영화. 감동적인 영화래. 어서 가자."

민지가 세현의 옷자락을 잡아당기며 말했다.

팝콘을 손에 쥔 채, 세현은 친구들 사이에 앉았다. 익숙한 로맨스일 거라 생각했다. 따뜻한 봄날의 배경이지만 첼로와 콘트라베이스 음이 낮게 깔렸다. 영화는 조용한 골목에서 시작됐다. 어느 봄날, 어린 여자아이가 작고 하얀 강아지와 산책을 하는 장면이 나타났다. 강아지 목에는 황금색 방울이 달려 딸랑딸랑 경쾌한 소리를 냈다.

산책을 하던 중 목줄과 방울의 줄이 얽혀 아이는 강아지를 땅에 놓고 줄을 풀려고 했다. 그런데 줄이 풀리던 순간 강아지는 길을 가로질러 길 건너로 뛰어갔다. 그때, 주변에서 여자아이를 몰래 지켜보던 낯빛 하나 없는 남성이 아이에게 다가왔다.

"저기, 네 강아지 아니니? 고놈 참 빠르네. 언제 저기까지 갔대. 아저씨가 데리고 올게."

장면이 바뀌고 스크린에 드럼통이 등장했다. 어느새 땅거미가 졌다. 남성은 드럼통 안의 강아지를 무표정하게 내려다봤다. 잠시 후 불꽃이 튀었다. 시끄러운 세상의 소음은 사라지고, 짧고 날카로운 짖음이, 비명 같은 울음소리가 허공에 맺혔다. 작고 동그란 눈동자에 가득 찬 두려움을 보며 남성은 미소를 지었다.

그 순간, 강아지는 고개를 숙이고 눈을 감았다. 그 장면이 펼쳐지는 순간, 세현의 손에 들려 있던 팝콘이 떨어졌다. 어지러웠다. 숨을 쉴 수가 없었다. 낯익은 금속음이 귓가에서 터질 듯 울렸다.

세현은 상영관 문을 열고 나서자마자 영화관 밖으로 달려 나갔다. 심장이 덜컥 내려앉은 것처럼 무거웠다. 빨리 뛰는 심장을, 가슴을 부여잡았다. 발걸음은 흐트러졌고 무언가가 머릿속에서 서서히 떠올랐다. 하얀 털, 금색 방울, 불, 미역국….

"미역국?"

입 밖으로 무심코 흘러나온 단어에 세현은 멈춰 섰다.

한 걸음, 또 한 걸음을 내딛을수록 몸의 중심은 점점 흐트러졌다. 결국 그녀는 길 한가운데 주저앉은 채 조용히 울음을 참았다.

*
거래

"여기, 이쪽으로."

윤 회장은 유헌과의 저녁 식사 약속을 잡았다.

"윤 회장님, 이분은?"

유헌은 윤 회장과 나란히 앉은 이의 모습에 경계하는 눈빛을 보냈다.

"아, 실제로 본 건 처음인가? 여긴 내 막냇동생 윤세진. 서로 인사들 해."

윤성그룹 백화점 계열의 대표, 윤세진. 30대 후반의 미혼의 여성. 세련되고 냉철하며 기업 홍보 이미지에도 자주 등장하는 인물이다. 유헌은 가끔 뉴스 기사에서 보던 세진과 마주하고 있었다.

"나이가 드니까 말이야, 이거 말뿐인 관계는 영 믿을 수가 없어서 말이지. 이 노인네가 늙으니 노파심만 늘어. 정치는 말이야, 말랑말랑한 감정과 말로 굴러가는 게 아니야. 그래서 말인데, 정 위원장이 윤 대표와 같이 판에 올라와 주기만 하면 걱정이 없어질 것도 같은데…."

예상치 못한 반격이었다. 유헌은 자신의 술잔이 채워지는 동안 침묵을 유지했다. 그러다 조심스럽게 입을 열었다.

"이틀만 생각을 시간을 주십시오, 회장님."

"허허. 부끄럽지만 내 철부지 막냇동생은 예전부터 자네에게 호감이 있었다고 하더군. 오늘은 가볍게 얼굴만 익히는 자리로 하지."

윤 회장은 윤세진을 바라보며 말했다.

"정 위원장님, 만나서 반가웠습니다. 다음번엔 둘이서 보는 걸로 하죠."

너무 과하지도 부족하지도 않은 미소를 지으며 세진은 일어섰다. 세진이 떠난 뒤 윤 회장은 자신의 술잔에 술을 채우며 말했다.

"Re:MEM이 자네 뿌리라고 했던가. 뿌리를 지킬지 흔들지는 이제 자네 손에 달린 것 같네만…."

*
기억의 틈

 세현은 민지와 솔지에게 갑자기 일이 생겼다고 미안하다고 문자를 보냈다. 집 근처 공원에 앉아 생각을 정리했다. 공원 벤치에 앉은 세현은 고개를 숙인 채 두 손을 모아 머리맡에 두었다.
 얼마 동안의 시간이 흘렀을까? 뿌옇게 흐렸던 안개가 걷히고 어린 날의 기억의 빈칸이 조금 채워졌다. 꿈에서 보았던 미역국을 끓이던 자신의 어린 모습이 이제야 이해가 되었다. 기르던 강아지의 이름도 떠올랐다. '포송이'였다.
 세현의 어린 날, 흩어졌던 기억 속엔 포송이가 함께 있었다. 세현은 그때의 기억이 왜 유실되었는지 의문이 들었다. 어릴 적 강아지를 좋아했던 기억과 미역국에 대한 거부감 그리고 자신의 방에 있는 금색 방울. 모두가 연결되어 있었다.
 '그런데 왜?'
 한 가지 의문만이 세현을 놓아주지 않았다.
 '왜 엄마는 나에게 아무 말도 안 했을까?'

세현은 고개를 들었다. 어두운 하늘 아래 가로등이 켜졌다. 아직은 해가 남아 있는 시간이었다. 잔잔한 가로등 불빛은 땅으로 길게 드리우지 못하고 사라졌다. 그때였을까? 희미하게 어떤 장면이 떠올랐다. 하얀 벽, 희미한 조명, 낯선 기계음. 그리고 따뜻하고 익숙한 손이 자신의 머리 위에 무언가를 얹었던 그 감각. 엄마의 손이었다.

"괜찮아, 세현아. 이제 조금만 참으면 돼."

차분하지만 떨리는 손, 그건 꿈이 아니었다. 가슴이 조여 왔다. 그날 무슨 일이 있었던 것일까? 숨기려 했던 엄마의 마음, 기억을 지우고서라도 자신을 지키고 싶었을 엄마의 절박함이 세현을 괴롭혔다.

세현은 조용히 자리에서 일어섰다. 자신의 머릿속 잃어버린 조각 하나를 찾은 세현은 엄마에게 물어보고 싶은 것이 많았다.

★
아킬레스건

[단독] 정유헌 위원장, 윤성그룹 막내딸과 결혼설… '정치와 재계의 파격적 동맹'

대한민국의 정치권과 재계를 뒤흔드는 정략 결혼설이 터졌다. 국가기억윤리위원장이자 차기 대권 후보로 유력한 정유헌(57) 위원장이 윤성그룹의 막내딸이자 윤성백화점 CEO 윤세진(38) 씨와 비공식적인 약혼을 준비 중이라는 언론의 보도가 나왔다.
일각에서는 이번 결합은 단순한 약혼 그 이상을 넘어 '기업과 권력의 이익 동맹'이라는 분석이 우세하다. 정 위원장의 측근은 본지와의 통화에서 "아직은 아무 것도 말해 줄 수 없다."라고 했으며 윤성그룹은 "개인적인 사안이기 때문에 확인해 드릴 입장이 없다."라고 전했다.

"고아에다가 부모도 형제도 돈줄도 없어. 주식? 재산? 재벌가에 비하면 손톱 밑 때만도 못하지."
윤 회장은 자신의 비서에게 말했다.
"회장님, 그런데 왜 결혼 구도를 만드신 겁니까?"

윤 회장의 비서가 의아하다는 표정을 지었다.

"야 이 사람아, 정유헌이는 Re:MEM의 핵심 연구원 출신이야. 정치계에서 정유헌이보다 그쪽 내용을 많이 아는 사람이 없어. 아무것도 가진 것 하나 없는 놈이 저 자리까지 올라온 거 보면 몰라?"

윤 회장은 전자 담배를 입에 물고 비서를 향해 말했다.

"정유헌이 눈빛 봤어? 저런 눈 가진 놈들, 전쟁 나도 살아남아. Re:MEM 사업으로 외교 분쟁 발생할 때마다 모든 언론과 세상의 눈들이 정유헌이가 어떻게 대처하는지만 볼 거야. 내 동생이 그런 인간 옆에 서면, 그게 곧 내 이름이고, 내 힘이야."

"정유헌이의 아킬레스건이 Re:MEM이라는 것도 마음에 들고 말이야. 20대부터 Re:MEM 대표 쪽 부친이 운영하는 장학재단에서 지원을 받았다지? 그런 사람들 특징이 뭔지 알아? 자기 뿌리를 흔드는 일은 절대 안 한다는 거야."

윤 회장은 의자에서 일어나 책상 서랍을 열고, 정유헌과 윤세진의 약혼 발표 초안 기사를 꺼냈다.

"공식적인 약혼 기사는 내일 터뜨려. 오늘 정유헌이한테도 연락해서 공식적인 입장 발표하라고 해. 더 늦기 전에 우리 쪽으로 단단히 묶어두자고."

★
그날의 진실

"벌써 왔어, 딸? 저녁은 뭐 먹었어?"

소연은 딸을 반갑게 맞이했다. 현관문을 열며 어두운 얼굴을 한 세현의 표정을 소연은 놓칠 리가 없었다. 소연이 무슨 일이냐고 물어보려는 찰나, 세현이 엄마에게 물었다.

"엄마, 나 어릴 적에 혹시 강아지 키운 적 있어?"

소연은 순간 멈칫했지만 고개를 저으며 말했다.

"아니야, 강아지 키운 적 없어."

"엄마, 있잖아. 오늘 친구들이랑 영화를 봤어. 영화 초반에 강아지가 불에 타서 죽는 장면이 나오더라고."

소연은 너무 놀라서 들고 있는 컵을 바닥에 떨어뜨렸다.

"머리가 너무 아팠어. 그 기억 뒤에 엄마가 날 엄마 회사로 데려갔다는 것도 생각이 났고. 엄마, 엄마는 내가 그 잔인한 기억을 잊기를 바랐던 거지?"

"세현아… 어떻게 그걸…."

소연은 두 손으로 입을 막으며 떨리는 목소리로 말했다. 둘 사이엔 잠시 침묵이 흘렀다. 세현은 엄마의 눈을 바로 보며 말했다.

"그날 대체 무슨 일이 있었던 거야? 난 진실을 알고 싶어. 엄마를 이해 못 하는 거 아니야. 내가 엄마였다면 아마 나도 그랬을지도 몰라. 근데, '한 번쯤은 내가 어른이 되어서는 말해 줄 수 있었던 거 아닐까?'라는 생각도 들었어."

세현은 그동안의 텅 빈 기억에 대한 감정이 무엇인지, 자신이 기억하고 있는 것이 맞는지 엄마를 통해 답을 듣고 싶었다.

소연은 너무 놀라 아무 말도 하지 못했다. 언젠가 이런 날이 올 것이라고 생각하는 것도 싫었다. 10살 아이에게는 너무 가혹했던 기억이었다. 소연은 자신을 빼고 모두의 기억에서 그 일이 사라지기를 바랐다.

"나 바람 좀 쐬고 올게. 너무 늦지 않을 테니 걱정하지 마세요. 혼란스러워서 그래. 엄마도 그날의 진실을 말해 줄 준비가 필요한 것 같고."

세현은 문을 조용히 닫고 나갔다. 15년이 흐른 지금, 세현은 소연의 걱정보다 훨씬 단단한 어른이 되어 있었다. 그리고 소연은 이제 그만 진실의 무게를 딸에게 나누어 주겠다고 생각했다.

2030년 어느 날이었다. 지금으로부터 약 15년 전의 일이다. 10살의 세현은 아침부터 분주했다. 그날도 포송이를 위해 저염 미역국을 끓였다. 9살 때부터 엄마 아빠를 졸라서 분양받은 포송이는 어느새 그들이 가족이 되어 있었다. 짧고 귀여운 꼬리를 흔들며 앞다리로 애교를 부렸던 포송이의 모습을 보며 그들은 행복한 날들을 보냈다.

그날도 양껏 미역국을 먹은 포송이를 세현은 산책을 시킨다며 밖으로 데리고 나갔다. 소연은 그날, 그렇게 혼자 세현을 보낸 것을 후회했다. 세현은 얼마 후 울면서 혼자 집으로 돌아왔다. 소연은 포송이를 찾기 위해 온 동네를 찾아다녔다. 그리고 결국, 위치 추적 장치인 'Ring Pet'을 통해 포송이의 마지막 모습을 확인했다.

[반려동물 가족 등록 제도]
2028년, 반려동물을 가족으로 등록하는 제도가 생겼다. '반려동물 가족 등록 제도'였다. 반려동물을 단순한 재산이 아닌 가족으로 인정하는 사회적인 인식 변화에 따라 도입되었고, 2029년도에 전면 확대 적용되었다.
가족관계증명서에 '반려 가족' 칸이 추가되었고 이곳에 반려동물을 등록할 수 있었으며, 반려동물의 주인을 법적 보호자로 명시가 가능했다. 반려동물에게는 목걸이 형태의 GPS 기반 실시간 위치 추적 디바이스를 장착하여 보호자의 스마트폰과 연동하여 위치를 추적할 수 있도록 하였다. 증명서에 반려동물로 등록한 경우, 국가 인증 동물병원에서 진료 시 진료비 30%를 감면받았으며 반려동물의 식품 구매 시 정부 지원 포인트도 제공받았다.
그리고 이 제도의 제일 중요한 법적 효력은 반려 가족으로 등록된 동물에게 의도적인 학대, 유기, 살해 시 인간에 대한 범죄와 유사한 가중처벌 조항이 적용되었으며, 가해자에게 정신적 피해 위자료를 청구하는 게 가능해졌다.
한국에서는 정당한 사유 없이 동물을 죽이거나 학대한 경우, 「동물보호법」에 따라 형사처벌을 받을 수 있었다. 최대 3년 이하의 징역 또는 3천만 원 이하의 벌금이 부과되었으나 실제 선고되는 형량은 대부분 벌금형 또는 집행유예에 그쳤다.

포송이를 가족으로 등록한 이력에 근거하여 소연은 남편인 현우, 딸 세현과 함께 포송이의 마지막 모습을 확인할 수 있었다. 경찰 조사에서 범인은 죄의식 없이 눈에 뜨이는 동물들을 상습적으로 학대하거나 잔인하게 살해했다는 사실이 드러났다. 그는 2029년부터 2030년까지 1년 동안 총 18마리의 반려동물을 잔인한 방법으로 살해했다고 진술했다. 불행하게도 살해된 모든 동물들은 반려 가족으로 등록되지 않아 실종 처리가 된 상황이었고 끝내 가족들의 품으로 돌아가지 못했던 것이다.

"포송아…?"

그럴 리 없다고, 아닐 거라고, 다른 강아지일 거라고 세현은 중얼거렸다. 하지만 세현의 시선은 이미 드럼통 안에 머물렀다. 희미한 잿빛의 검게 그을린 뼈와 다 타 버린 털 그리고 그 위에 누군가 일부러 놓아둔 듯한 작은 황금색의 방울이 있었다.

세현은 가슴이 무거워지고 숨을 쉴 수가 없었다. 시야가 흐려지고 발이 휘청거렸다. 눈동자는 한쪽으로 돌아갔으며 무릎이 툭 꺾여 몸은 그대로 쓰러졌다. 세상이 기울었다. 세현은 아무 말도, 아무 울음도 남기지 못한 채 그렇게 산산조각이 나 버렸다.

소연은 이 일이 왜 자신의 가족에게 발생했는지 분노했다. 일면식도 없는 범인의 타깃이 된 불쌍한 포송이를 생각하면 너무 화가 났다. 그리고 그 악독하고 잔인한 범행에 따른 고통을 온전하게 온몸과 마음으로 받은 딸이 걱정되었다. 그리고 그 걱정은 현실이 되었다. 법정 안은 조용했다. 판사는 입을 열었다.

"피고인은 생후 1년 미만의 강아지를 타깃으로 했고 그중 일부는 불에 태우거나 물에 익사시키는 방식으로 극심한 고통을 유발했습니다. 이번 사건에서는 위치 추적 장치를 제거하지 못한 채 범행을 저질렀고, 그 일은 범행 현장을 발견하는 단서가 되었습니다. 피고는 법정에서도 반복적으로 동물의 생명은 가볍다 말하며 반성의 태도를 보이지 않았습니다. 이에 따라 본 재판부는 피고의 행동을 연쇄적이고 상습적인 범행으로 보고 「특수살인죄」 법률에 의거하여 징역 7년을 선고합니다."

범인은 고개를 끄덕였을 뿐, 한 마디의 말도 없었다. 그 얼굴은 여전히 무표정했다. 소연은 그 모습을 보며 살면서 처음으로 사람을 죽이고 싶다고 생각했다.

*
기억의 방

　식탁에 앉은 세현은 아무 말도 하지 않았다. 숟가락도 젓가락도 손에 들지 않았다. 그 작은 얼굴엔 아무런 표정이 없었고 눈은 먼 곳만을 바라보았다. 그런 날들이 계속되었다.
　세현은 그 사건 이후 말을 잃었다. 하루에 한 마디도 하지 않는 날들이 늘어 갔다.
　"세현아…."
　남편은 딸을 안아 주었다. 그는 정신과 의사지만 지금은 아무것도 해 줄 수가 없었다.
　소연은 1년 휴직계를 회사에 냈다. 그리고 주 3회씩 소아심리센터에 세현을 데려갔다. 그곳에서 세현은 놀이 치료실, 미술 심리 치료실, 인지행동 치료실까지 다녔다. 소연과 현우는 세현의 회복을 위해 모든 프로그램에 성실히 참여시켰다. 6개월의 시간이 지나 세현의 악몽 같은 시간도, 그런 세현을 마음 졸이며 바라보는 소연의 시간도 조금은 삭아서 없어져 가는 듯했다.

"세현이가 요즘은 집에서 말을 조금 더 자주 하고, 웃기도 해요."

소연은 심리상담사에게 미소를 지으며 말했다.

"다행이네요. 최근 미술 심리 치료에서도 조금은 다른 모습을 보였어요. 전에는 여러 가지 색들이 있어도 하얀색은 쓰지 않았거든요. 흰색이 필요한 그림에서도 일부러 배제하는 느낌을 받았는데, 오늘은 하얀색 색연필을 잡았어요. 비록 하얀색 색연필을 다시 제자리에 두고, 회색 색연필로 그림을 그렸지만 색을 선택하는 과정에서 본인의 통제력을 회복해 나가는 것으로 보입니다."

현우는 세현의 심리치료 과정을 모니터링하며 생각했다. 이 아이는 지금, 고통과 그리움 속에서 자기 자신을 회복하고 있었다. 햇살이 스며드는 거실에서 세현의 걸음은 조금 느리지만, 분명히 앞을 향하고 있는 듯했다.

"여보, 당신도 힘든데 학회가 잡혔네, 미안해. 내일 일찍 돌아올게."

현우는 1박 2일 동안 진행하는 제주도 학회에 참석하고자 출장을 갔다. 세현은 많이 좋아지고 있었다. 소연은 그런 딸을 보며 곧 원래의 일상으로 돌아갈 수 있을 것이라 생각했다.

그날 저녁, 소연은 저녁상을 차리고 세현을 불렀다.

"세현아, 저녁 먹자."

소연은 밝은 목소리로 딸을 부르고 자리에 앉았다. 세현은 조용히 고개를 돌려 식탁으로 향했다.

식탁엔 세현이 좋아하는 소시지볶음과 계란말이 반찬이 있었고, 갓 지은 밥에선 김이 모락모락 피어오르고 있었다. 특별히 세현이 좋아하는 반찬으로 준비한 식탁이었고 소연은 딸이 잘 먹어 주는 모습을 상상했다. 세현은 아무 반응 없이 숟가락을 들었다.

하지만 숟가락을 든 세현은 한번 음식을 먹은 후 갑자기 속도를 높이기 시작했다. 너무 빠르고 조급하게 입에 음식을 한가득 욱여넣었다.

"천천히 먹어, 세현아."

소연이 말했지만 세현은 무언가를 따라잡으려는 듯 음식을 먹어 치우고 있었다.

숨이 차는 것도 잊은 채, 목이 메고 기침을 하면서도 세현은 두 손으로 국그릇을 부여잡고 자신의 입속에 퍼부었다.

"배고파…. 우리 포송이도 배고파…."

눈에 초점이 사라진 아이 입에서 흘러나온 말이었다.

"세현아, 그만! 체하겠어. 그만해!"

소연은 아이의 손을 붙잡았지만, 세현은 목을 움켜쥐고 토악질을 시작했다. 소연은 그 자리에서 무릎을 꿇고 주저앉았다.

"엄마가… 엄마가 미안해. 미안해 엄마가…."

소연은 세현이 부여잡고 퍼붓던 국그릇을 바라보며 말했다. 그날 이후 소연은 식탁에 미역국을 놓지 않을 것이라 다짐했다.

소연은 토악질을 하고 힘이 빠진 세현을 다독였다. 부엌은 이미 엉망이지만 소연의 머릿속엔 한 가지 생각밖에 없었다. 6개월 동안 심리치료를 했지만 기억의 고통은 여전히 세현을 떠나지 않는 듯했다.

밤이 깊어질 무렵, 세현은 아무것도 모른 채 소연의 손에 이끌려 소연의 회사에 왔다. 그리고 Re:MEM의 비밀 연구동으로 향했다.

"엄마 회사에서 잠깐 검사만 하고 가자, 세현아. 잠깐이면 돼."

소연은 말했고 세현은 더 이상 묻지 않았다. 주차장에서 내린 소연과 세현의 뒷모습을 본 준혁은 그들을 몰래 따라갔다.

휴직계를 낸 소연이 밤늦게 회사에 딸과 온 것도, 비밀 연구동으로 향하는 것도 이상했다. Re:MEM 대표인 준혁은 꼭 무슨 일이 벌어질 것을 직감했다.

연구동으로 들어간 소연은 노트북을 켰다.

Rem칩: 아동, 안정화 테스트 버전

NID-7 바이러스 이후 공식 승인되지 않은, 아이들의 치료 목적인 기억 삭제 기술이었다. 하지만 지금 이 순간, 소연에게는 그 어떤 리스크도 무의미했다.

소연은 사건 이후 강아지를 분양받은 그날의 자신을 저주했다. 강아지를 데려오지 않았다면 이런 일도 일어나지 않았을 거라 끊임없이 자책했다. 세현 혼자 산책하게 내버려둔 자신을, 그날을 매일 증오했다. 이 모든 것이 자신 때문에 발생한 것이라고, 소연은 매일 되뇌었다.

현우는 그건 소연의 탓이 아니라고 다정하게 설득했지만 소연은 그 말이 전혀 위로가 되지 않았다. 그리고 조금씩 호전되어 가던 세현이 토악질을 하던 그날 저녁, 소연은 이제 이 방법밖에는 없다고 생각했다.

소연은 세현의 머리에 뇌파셋을 씌우고 버튼을 눌렀다. 9살에서 10살, 2년간의 기억을 지우기로 했다.

기억 삭제칩 연동 확인. 기억 삭제 진행률 65%

소연은 기계에 연결된 딸의 뇌파 모니터를 보며 두 손을 모았다. 그때였다.

연구소 문이 쾅 소리를 내며 열렸다.

"백소연! 뭐 하는 거야!"

그 자리엔 Re:MEM의 대표인 준혁이 서 있었다.

준혁은 숨을 몰아쉬며 달려들었다.

"이거, 아직 개발 중인 거야. 검증되지 않았어. 위험한 거 너도 알잖아! 멈춰! 소연아, 지금 멈추면 되돌릴 수 있어. 이거 불법이야!"

준혁은 소연을 밀치고 시스템 OFF 버튼을 향해 손을 움직였다.

"지워야 살아. 내가 지워야 우리 딸이 산다고!"

소연은 울부짖었다. 하지만 준혁은 OFF 버튼을 눌렀고 곧이어 에러가 발생했다는 시스템 경고음이 요란하게 울렸다. 모니터가 깜빡였다.

에러 발생. 시스템 종료.

"왜, 왜 그랬어. 왜 막아! 네가 뭘 안다고 날 막아. 이 방법밖에 없다고….”

소연은 바닥에 주저앉아 오열했다. 준혁은 조용히 그녀 곁에 앉았다. 아무 말도 하지 않고 잠시 눈을 감았다가 조용히 말했다.

"네가, 네 맘이 얼마나 절박한지 알아. 하지만 신경회로가 완전히 안정화되지 않은 아동의 기억을 지운다는 건 정제가 아니라 왜곡이 발생할 수 있는 거, 너도 알잖아. 심지어 네 딸이야. 기억의 방이 아직도 다 열리지 않았는데 기억을 지운다는 건, 한 생의 시간 전체를 잘라 내는 거야. 그건 살아 있는 사람을 조용하게 없애는 방식일 수도 있어."

소연은 세현과 함께 집으로 돌아왔다. 다행인지 불행인지 그날 이후 세현은 포송이를 기억하지 못했다. 기억 삭제는 시스템 오류로 실패했지만 자연적인 망각인지 정신적 방어기제 때문인지 모호한 경계에서 세현의 시간은 위태롭게 흐르고 있었다.

소연은 안심했다. 세현이 기억을 못 하는 건 감정과 연결된 기억 조각이 회로 바깥에서 저항했기 때문이라고 생각했다. 딸은 좋아지고 있었다. 그날 밤 소연은 포송이가 목에 지녔던 것과 똑같은 황금색 방울을 세현의 책상 서랍 안 깊숙이 넣었다. 그리고 세현이 언젠가는 그 기억 앞에 바로 서서 자신에게 물어볼 것이라 확신했다.

*
파열

준혁은 노트북 모니터 앞에서 한참 동안 화면을 내리지 못했다.

[뉴스] 정유헌 국가기억윤리위원장, 윤성그룹 윤세진 대표와 결혼 발표

화면 속에는 정장을 입은 유헌과 세진의 공식 프로필 사진이 함께 실려 있었다. 둘은 단정하고 품위 있고 우아한 미소를 짓고 있었다. 준혁은 기사 창을 닫았다가 열었다가를 반복했다.

눈을 감고 다시 기사를 클릭했다. 현실이었다. 그는 자리에서 일어나 천천히 창가 쪽으로 걸어갔다. 복잡한 마음도 모른 채 햇살은 눈치 없이 밝았다. 자신만 빼면 모든 것이 평온해 보였다. 세상도 뉴스도, 정유헌도.

준혁은 책상 위에 놓인 화분을 내려다보았다. 「기선법」이 제정되던 날, 유헌이 사 준 화분이었다.

"식물도 사람의 말을 알아듣는 거 알아? 늘 좋은 말만 하면 잘 큰다더

라. 너 말 좀 예쁘게 해, 매일 욕만 하지 말고. 좋은 말 고운 말 알지?"

유헌은 준혁을 놀리듯 무심하게 화분을 건넸다. 선물 하나를 하고자 해도 그 마음이 힘들었다. 서로를 가둬 두지 않고 남에게 들키지 않을 그런 선물을 준 유헌이 준혁은 고마웠다.

준혁은 매일 잎을 닦고 물을 주었다. 오후엔 햇빛이 잘 들어오는 창가에 화분을 놓아두었다. 그리고 저녁엔 다시 책상으로 화분을 옮겼다.

늘 함께하지는 못하지만 항상 서로 같은 마음으로 하루를 시작하는 것 같아 화분을 보면 기분이 좋아졌던 준혁이었다. 순간, 준혁은 책상 위의 화분을 들어 올려 바닥에 내던졌다. 테니스 코트장에서 그가 마지막으로 한 말이 귓가에서 울렸다. 그리고 쨍그랑, 화분 깨지는 소리가 그 말을 덮었다.

흙이 흩어졌다. 깨진 도자기 조각은 날카로웠다. 준혁에게 유헌은 삶이었고, 신념이었고, 의지였다. 그리고 유헌은 자신을 이해하는 유일한 존재였다. 준혁은 부서진 화분 조각 하나를 바라보다 조용히 주저앉았다. 그는 입술을 깨물었다. 30년이 넘는 시간 동안 이렇게 아픈 적이 없었다.

*
젊은 날의 상자, 끝

　유헌이 정장을 입은 채 혼자 거울 앞에 섰다. 그는 왼쪽 손가락에 낀 반지를 내려다봤다. 결혼식 초대장을 꺼내 들고 준혁에게 전해 줄까 말까 망설이다가 결국 소연에게 대신 전달해 달라고 했다. 스스로가 비겁하다고 느껴졌지만, 이렇게 회피할 수밖에 없다고 유헌은 생각했다.
　결혼식 당일 유헌은 폰을 꺼내 준혁에게 문자를 보냈다.
　"고맙다, 오랫동안 함께여서."
　유헌은 아무 말 없이 폰의 화면을 바라보다가 결혼식장 안으로 들어섰다.
　준혁은 결혼식장에 오지 않았다. 유헌은 결혼식 내내 준혁이 이곳에 오지 않았으면 하는 마음과, 혹시 올까 하고 기대하는 마음이 뒤섞였다.
　신랑 신부가 행진해야 하는 차례였다. 유헌은 세진과 발을 맞추어 걸었다. 하객들의 박수가 쏟아졌다. 눈을 뜰 수 없을 정도로 번쩍이는 카메라 플래시에 유헌은 눈을 감았다. 완벽한 결혼, 사회적 성공이라 누군가는 말했다. 하지만 유헌은 그 속에서 젊은 날의 준혁의 모습을 떠올렸다. 봄볕에 연구실 책상에 앉아 웃고 있던, 커피를 건네주던 모습이었다.

유헌의 고개가 떨구어졌다. 미안하다고, 이제 끝났다고 말을 하고 나면 모든 게 다 무너질 것 같았다. 그래서 말하지 않았다. 모든 것을 지키기 위해 선택한 현실이라고 말해 주고 싶었다. 하지만 그것 역시 여전히 준혁을 가두는 것이라 유헌은 생각했다.

사진사들의 플래시가 터지며 그들은 '행복한 순간'을 만들어 냈다. 하지만 유헌은 이 순간이 서로 다른 곳을 바라보며 다른 계절을 맞이하는 이별의 순간으로 느껴졌다.

'이젠, 돌아갈 곳이 없네…'

유헌은 조용히 숨을 들이쉬었다. 그리고 젊은 날의 상자를 이제 더 이상 열지 않기로 했다.

*
각성

    세현은 밤늦게 집으로 돌아왔다. 소연과 세현은 서로 많은 말을 하지 않았다. 그저 잘 들어왔냐는 눈인사를 나눈 후 각자의 방으로 들어갔다.
    다음 날 아침, 세현은 블랙커피를 내려 엄마에게 건넸다.
"엄마."
"어, 세현아."
    세현의 눈엔 금방이라도 흐를 것 같은 눈물이 고여 있었다. 어릴 적부터 엄마에게 속상한 일, 안 좋은 일을 말할 때면 눈물부터 흘리곤 했다. 세현의 나이는 어느덧 25살이었다. 그러나 몸은 어른의 모습이지만 마음은 어릴 때와 한결같았다.
    소연의 눈에도 눈물이 고였다.
"미안해, 세현아. 그땐 그게 널 지키는 방법이라고 엄만 생각했어."
    세현은 고개를 숙였다. 입술을 꼭 다물고 눈물을 떨어트렸다.
"너무 무서웠어. 네가 그 기억을 계속 안고 살아갈까 봐, 그게 널 망

칠까 봐. 그런 널 보며 내가 감당 못 할까 봐, 난 너무 무서웠어."

엄마는 어깨를 떨구고는 흐느꼈다. 그 모습을 보고 있자니 세현에게도 그 고통이 전해지는 것 같았다. 마음이 아팠다.

"엄마가 나를 위해 그런 선택을 했다는 거, 알아. 그것만 생각하려고 해, 지금은."

세현은 기억하지 못한 날들을, 그 감정을, 고통을 떠올리며 엄마, 아빠가 자신을 위해 얼마나 힘들었을까 생각했다. 정체되어 있던 기억은 그렇게 원래의 주인에게 돌아왔다.

소연은 눈물을 닦았다. 이러고 있을 시간이 없었다. 소연은 REMKOR로 달려갔다.

REMKOR 본관 연구동

"아, 책임연구원님, 이러시면 안 됩니다. 아무리 그래도 그 정보를 알려드릴 순 없어요."

분명 딸은 영화에서 강아지가 살해된 장면을 보았다고 했다. 소연은 그 장면의 출처를 확인하고자 혹시나 하는 마음에 REMKOR로 달려왔다.

"성제된 기억이 어디로 소비되있는지 알려드릴 순 없습니다. 죄송합니다."

소연의 로그에서 확인할 수 있는 정보는 한계가 있었다. 아무리 REM칩을 개발한 책임연구원이라도 REMKOR에서 정제된 기억이 어디로 판매되었는지 확인은 어려웠다.

"계속 이러시면 대표님께 보고드리겠습니다."

"무슨 일이야?"

준혁은 조용한 연구동에서 들리는 소란스러움에 연구실의 문을 열었다.

"저, 대표님. 그게, 백소연 책임연구원님이 계속 기억 이관 내역과 견적서를 확인하려고 하셔서…."

"백소연 책임연구원! 따라와."

준혁은 차갑게 말했다.

소연은 준혁을 따라 준혁의 사무실에 와서 앉았다.

"찾고 싶은 게 뭐야?"

준혁이 소연의 눈을 쏘아보며 말했다.

"15년 전, 내가 세현이 머릿속에서 삭제한 기억, 그 기억이 영화관에서 그대로 상영됐어."

"뭐라고? 어떻게 그런 일이."

준혁은 비서를 통해 REMKOR가 관련된 레퍼런스를 해당 영화사와 해당 감독에게 판매했는지 확인해 보라고 지시했다. 비서의 연락을 받은 준혁의 얼굴이 어두워졌다.

"소연아, 그 영화사 감독에게 그날 세현의 삭제된 기억이 레퍼런스로 같이 갔나 봐. 미안하다. 그때 그 기억 내가 분명 삭제했는데, 데이터베이스에 어떻게 저장된 건지… 정말 미안해."

소연은 한쪽 손으로 이마를 감쌌다.

"세현이는 어때? 설마 다 기억해 낸 건 아니지?"

걱정스러운 표정으로 준혁이 말했다.

"다 기억해 냈어. 그리고 받아들였어."

준혁은 일어서서 창밖을 바라봤다. 소연은 뒤따라 일어서며 준혁의 뒤통수를 바라보며 말했다.

"세현의 기억을 상품화했어. 아이의 트라우마가 그냥 영화의 소재가 됐다고. 뭔가 잘못됐다고 생각되지 않아?"

준혁은 침묵 속에서 소연의 말을 듣기만 했다. 그리고 그들은 처음으로 자신들이 개발한 시스템의 어두운 면과 마주했다.

*
실체

　창밖엔 이슬비가 내렸다. 그러나 잠시 뒤 비가 갑자기 세차게 몰아쳤다. 유헌은 결혼 후 정신적 허기짐을 느껴 힘이 빠졌다. 누구를 위하여 이런 선택을 했던가. 후회 아닌 책망이 때론 자신을 지배했다. 그때 휴대폰의 진동이 울렸다.
　"자네, 나 좀 보지. 10분 뒤 내 방 서재로 오게."
　윤 회장이었다.

　"정 위원장은, 너무 곧아. 원칙, 윤리, 동의 이런 것들은 우리 윤성그룹에 도움이 되지 않아."
　윤 회장은 자신의 비서에게 말했다.
　"그래서 정 위원장 몰래 REMKOR 내부에 우리 사람을 넣어 뒀습니다. 아카이브 백업팀에 한 명 투입했고, 이관 로그도 수정 가능하도록 훈련된 사람입니다. 메타데이터 추출도 문제없을 것으로 예상됩니다."
　비서의 말에 윤 회장의 입가에는 웃음기가 어렸다.

"회장님, 여기까지 예상하고 정 위원장을 이 판에 세우신 겁니까?"

"정유헌이는 말이야, 너무 깨끗해. 자고로 옷도 좀 더러워지고, 손도 좀 검게 변해야 내가 지금 뭘 먹는지, 뭘 입고 있는지 보이지가 않거든. 근데 너무 깨끗해. 그래서 내가 환경부터 좀 바꿔 주려고 하지, 하하."

윤 회장은 누런 이를 드러내며 웃었다.

유헌은 윤 회장에게 일찌감치 Re:MEM에게 특별 과세로 문제를 삼지 않겠다는 약속을 받아 냈다. 하지만 윤 회장은 특별 과세 따위는 처음부터 안중에 없었다. 그저 제대로 된 장난감 하나를 가지고 돈이 되는 게임을 하고 싶을 뿐이었다.

"추출된 기억의 감정들의 유통은 기존 REMKOR의 경로를 사용하고 자금은 페이퍼 컴퍼니로 세탁할 예정입니다. 문제가 생기면 정 위원장이 다 뒤집어쓰도록 세팅되어 있습니다, 회장님."

"기억에 감정을 빼고 정제해서 판다? Re:MEM이나 REMKOR 애들 대단해. 근데 말이야. 기억은 돈이 되고, 죄는 이름값 있는 놈에게 가고. 이건 내가 만든 윤성을 위한 시스템이야."

그 순간, 유헌이 문을 두드렸다.

"회장님, 접니다."

"들어와."

회장의 말이 끝나자 유헌이 문을 열고 방 안으로 들어왔다.

"이번 정기 국회에서 기억 신업 특별 과세 안건, 내가 일단 막아 뒀네. 자네도 이제 우리 집안 사람 아닌가. 감히 누가 우리 집 사람을 건

드리겠나? 걱정하지 말게."

"감사합니다, 회장님."

"난 Re:MEM의 기술이 국가 자산이 된다고 믿는 사람이야."

윤 회장은 유헌에게 어린아이 다루듯 부드럽게 굴었다. 하지만 그럼에도 묘하게 무거운 공기가 유헌은 견디기 힘들었다.

"그래서 말인데, 정 위원장…."

윤 회장은 손가락으로 책상을 툭툭 쳤다. 시계 초침 소리가 더 크게 들리는 듯했다. 잠시 정적이 흘렀다.

"정제된 기억이고, 기억의 판매고 간에 다 부수적인 거야. 진짜 돈이 되는 건 감정이야. 인간이 가진 가장 날것 그대로의 기억."

유헌은 미간이 일그러졌다.

"그건, 기억 정제 대상자의 동의 없이는 상업화할 수 없습니다."

윤 회장은 자리에서 일어나 유헌의 앞으로 섰다.

"동의라는 말, 참 이상하지 않나? 사람들 말이야, 자기가 뭘 동의했는지도 몰라. 말장난 같은 체크박스 하나에 자기 인생이 넘어가도 모른다고."

유헌은 입술을 꾹 깨물었다.

"난, 그저 제안하는 거야. 누가 회사를 팔라고 하나? 기술을 넘기라고 해? 정 위원장은 회사를 지켜. 나는 곳간을 좀 채울 테니."

정적이 흘렀다. 유헌은 조용히 숨을 내쉬었다. 그리고 말했다.

"기억 정제 기술은 사람을 위한 기술입니다."

"그럼, 날 위해 조금만 희생하면 되겠군. 생각을 바꿔 봐. 그렇게 어려운 일은 아닐 거야. 이미 우리 집안에 들어온 이상, 자넬 믿어도 되겠지?"

유헌은 서서히 조여 오는 압박감에 숨이 막혀 왔다.

*
무너지는 경계

 윤 회장과의 독대가 끝난 후 유헌은 침실로 들어섰다. 세진과의 결혼 후 유헌은 혼자 편하게 잘 수 있는 침실을 만들었다.
 그는 밀려드는 피곤함에 어서 눕고 싶었다. 누우면 바로 잘 수 있을 것 같았다. 하지만 유헌의 침실에는 실크 소재의 얇은 셔츠만 입은 세진이 서 있었다.
 셔츠의 단추를 풀며 세진은 유헌에게 다가왔다.
 "이야기 다 끝났어요? 얼굴이 왜 이래. 결혼한 지 얼마나 됐다고 너무 부려 먹는 거 아니야?"
 세진은 유헌에게 다가가 두 손으로 유헌의 얼굴을 감싸며 말했다. 유헌은 세진의 손을 내리며 피곤하다는 눈빛을 보냈다.
 "당신, 참 이해가 안 가. 능력 있고, 고운 얼굴에 미끈한 몸까지…. 어떻게 날 두고 아무 생각이 안 날 수가 있어?"
 세진은 유헌 셔츠의 속에 손을 넣었다. 유헌은 깜짝 놀라 한 걸음 물러났다. 세진은 그런 유헌을 보고 귀여워하며 웃었다.

"난, 당신 마음까진 관심 없어. 그냥 당신 몸이면 돼. 몸뿐인 관계도 난 괜찮아. 난 사랑은 믿지 않거든."

세진은 가만히 서 있는 그의 입술을 가져갔다. 유헌은 멈칫했지만 저항하지 않았다. 유헌에게 마음 없는 육체, 고통을 감추는 껍질 따위는 중요하지 않았다. 그리고 생각했다. '더럽고, 나약하고, 비겁하다'고.

그날 밤, 욕망은 그 대상을 잘못 찾았고, 증오는 유헌의 목을 더 조여 왔다.

*
그럼에도, 나는

준혁은 며칠째 회사를 나가지 않았다. 창문은 커튼으로 가려져 있고 다 식은 커피 잔과, 술병이 테이블 위에 뒹굴었다. 노트북 화면은 어둠에서도 혼자 그 빛을 냈다. 화면 속에는 이메일이 수백 건이 쌓여 있었다.

준혁은 일어나 커튼을 걷고 창문을 열었다. 어느새 무더운 여름을 지나 시원한 가을 공기가 그를 맞이했다. 환기가 필요했다. 지금 이 공간에도, 준혁의 마음속에도. 누군가의 사람이 된 유헌을 더 이상 붙잡지 말아야겠다고 준혁은 생각했다.

그럼에도 그 마음은 쉽지 않다. 준혁은 휴대폰을 집어 들고 유헌의 이름이 적힌 문자 창을 들여다봤다.

결혼, 축하해.

이 말은 끝내 보내지 못했다.
'지독하고 외로운 이 감정을 넌 어떻게 끝냈을까?'라고 혼자 수십 번

되뇌었다. 준혁은 다시 소파에 주저앉았다.

'이 공간, 너의 마음속에도 이젠 난 없는 것일까? 그렇게 난 너에게 아무것도 아닌 게 되는 건가?'

준혁은 고개를 무릎에 묻고 아주 천천히 숨을 쉬었다.

'차라리 한 번은 내 마음이 이렇다고 말할 걸 그랬다. 그랬다면 이렇게까지 후회했을까?'

이제는 아무 말도 못 하게 되어 버렸다. 준혁은 이제 그를 보내야 된다는 상실감과 자신이 아무것도 할 수 없는 데 대한 무력감을 느꼈다. 자신의 슬픔만은 외면당하지 않기를 바랐다. 며칠간 자란 수염을 정리하고 헝클어진 머리와 자신의 얼굴을 바라봤다.

사라지지 않을 슬픔일 것이다. 준혁은 거울을 보며 남겨진 이 감정을 자신만은 기억하고 계속 아파할 것이라고 생각했다. 옷장을 열고 셔츠를 꺼내 입었다. 다림질이 반듯하게 된 셔츠의 단추를 하나씩 잠갔다. 어깨를 펴고 제일 불편한 재킷을 입었다. 그리고 준혁은 현관 앞에 섰다.

문고리를 잡은 손이 잠시 멈췄다. 그는 숨을 깊게 들이마셨다. 그리고 숨을 내쉬듯 문을 열었다. 마음껏 슬퍼하고 감당하고 자신의 슬픔은 외면하지 않겠다고 준혁은 다짐했다. 그렇게 무거운 걸음을 내딛었다.

*
의도적인 연출

세진은 하얀색 긴 드레스를 입고 유헌과 팔짱을 낀 채 입장했다. 그녀는 환하게 웃고 있지만 유헌의 얼굴은 어딘가 딱딱하게 굳어 있었다.

2045 YS Vision Gala: 기억, 그리고 미래

윤성그룹의 이름을 단 현수막에는 커다란 문구가 걸려 있었다. 유헌과 세진의 등장에 카메라 플래시가 연신 터졌다. 세진은 일부러 유헌의 팔에 더 가까이 몸을 붙였다. 그러곤 살짝 몸을 기울이며 속삭였다.
"웃어요. 이런 날 남편이랑 같이 등장하면 내 입지가 얼마나 좋아?"
유헌은 아무 대꾸 없이 잠시 눈을 감았다 떴다. 플래시가 터지고 두 사람이 함께 찍힌 윤성그룹의 Gala 쇼 입장 사진은 SNS에 빠르게 업로드됐다.

[속보] 윤성그룹 윤세진 대표가 주도하는 브랜드/소비자 관련 대형 행사에 남편

정유헌 위원장 공식 참석. 그룹 내 후계 내정에도 존재감을 보여….

준혁은 사무실에 앉아 태블릿으로 기사를 보고 있었다. 보고 싶지 않아도 하루에 한 건 이상 유헌의 기사는 뉴스에 업로드됐다. 그리고 언제부턴가 뉴스 기사에서 웃음이 사라진 유헌의 모습에 안쓰러움도 느꼈다.

'결국, 저기까지 갔구나. 윤성그룹의 사람으로… 그렇게까지 해야 하는 거지, 넌.'

세진의 의도적인 연출신은 계속됐고 그렇게 준혁에게서 유헌은 점점 멀어져 갔다.

*
판도라의 상자

 "윤 회장님, 1차 기억 샘플, 정제 전 상태로 56개 분량입니다. 해외 파트너사는 환각 치료 데이터로 분류해서 수입 허가를 진행했습니다. 우리가 심어 둔 REMKOR 인력의 기록은 삭제하고 REMKOR에 접근한 경로도 지웠습니다."
 "고생했어, 김 실장. 데이터만 넘기면 되지. 감정의 출처가 누군지, 그게 누구의 상처였는지 중요한가? 난 궁금하지 않거든."
 "근데, 벌써 REMKOR에서 내부 소행으로 데이터 유출 낌새를 챈 모양입니다. 조용하게 조사하고 있다는 이야기도 들립니다."
 "정유헌이도 의심받는 상황이고?"
 "네, 그렇습니다."
 "김 실장. 정 위원장한테 이 건, 나서서 정리하라고 연락해."

 불법 기억 유통 사건이 외부에 드러나며 경찰이 수사에 착수했다. 그러나 그 유통 과정에서 윤 회장 측 인맥과 윤성그룹의 자회사가 일부

엮여 있었고, 윤 회장은 정치권과 수사 라인에 압박을 넣어 사건을 '민간 내부 문제'로 전환했다. 그 과정에서 유헌은 공식 감사팀이 아닌, 자신이 직접 운용하는 소규모의 비인가 분석팀을 활용하여 조사를 했다.

그 결과, 서버 로그 조작 및 기억 데이터 추적 알고리즘의 유출 흐름 파악 후 누구에게도 책임을 묻지 않는 선에서 데이터가 실수로 유출됐다는 결론으로 유출 경로만 차단하는 방식을 취했다.

여론의 반응은 싸늘했다.

"뭐야? 불법적인 기억의 해외 유통 범죄가 발생했는데 조용히 덮은 거지?"

"정유헌이 정리한 거야? 이 정도면 윤성그룹이랑 REMKOR랑 관련 있는 거 아니야?"

유헌의 해결사 역할로 인해 SNS와 뉴스 창은 각종 추측성 댓글들로 가득했다.

조용한 회의실, 소연과 준혁은 이번 기억 불법 유통에 대해 비밀리에 회의를 했다.

"선배. 유출된 기억들, 확인해 보면 감정 레벨이 높은 것들이야."

소연은 자료를 넘기며 준혁에게 말했다.

"알아, 이건 실수로 넘어간 게 아니야. 의도적으로 특정한 감정 레벨만 추출해서 넘긴 거지."

"유헌 선배도 이 사실을 알았을 거야."

소연은 복잡한 얼굴로 한숨을 쉬며 말했다.

"생각을 천천히 해 보자. 섣불리 판단할 순 없는 일이야."

준혁은 고개를 돌려 창밖을 보았다.

"만약 윤성그룹이 이 사건을 주도했고, 유헌 선배를 통해서 덮으려고 한 게 진실이면?"

소연은 판도라 상자의 뚜껑을 잡아당겼다.

"모든 가정이 아니라고 쳐. 근데 윤성그룹과 같이 굴러가고 있는 거라면 어떻게 할 거야?"

그리고 그 상자를 열었다. 두 사람은 조용히 눈을 마주쳤다. 서로 같은 생각인 듯했지만 입 밖으로 꺼내지 않았다.

*
고립

 유헌은 오랜만에 자신의 사무실에서 늦게까지 일을 했다. 한동안 윤성그룹의 그늘 속으로 자신의 이미지를 소비했다는 사실이 그를 많이 괴롭혔다.

 윤세진의 남편이자 윤 회장의 매제로 대중 앞에 서서 윤성그룹의 꼭두각시 노릇을 한 자신을 보며 유헌은 너무나 많이 변화된 자신의 삶이, 그 모습이 낯설었다.

 유헌은 자리에서 일어섰다. 사무실 안 아무도 모르는 비밀 공간에 회의실을 만들었다. 비밀번호를 누르고 회의실로 들어선 유헌은 포스트잇을 붙인 보드판 앞에 섰다. 보드엔 재개발구역 기획부 정보, 도시계획위원회 명단, 재개발 예정 도면이 부착되어 있었다. 그의 한 손엔 윤성재단의 비자금 내역 엑셀 파일이 담긴 USB가 들려 있었다.

 윤 회장과 세진은 항상 그를 품질이 좋은 물건처럼 대우했다. 사람으로 인정받으려 한 건 아니었지만 유헌은 그들에게 소비되고 나면 그 끝이 어떨지 예상했다. 그리고 그 화살 역시 Re:MEM과

REMKOR로 갈 것임을 확신했다. 그래서 그들의 신뢰를 얻기 위해 노력했고, 그 덕에 윤 회장의 측근에서 재단의 비자금이 어떻게 흘러갔는지, 또 세진이 발표 전 재개발 예정 부지의 땅을 대거 매입하고 시세 차익을 6배 이상 거둔 등의 정보를 확보할 수 있었다.

그리고 윤 회장이 준혁과 Re:MEM을 위협하는 순간이 올 때, 손에 쥔 이 카드를 효과적으로 쓰기 위해, 조금씩 윤성그룹을 조여 가기로 결심했다.

유헌은 휴대폰을 켜 사진첩을 열었다. 준혁, 소연과 함께 찍은 사진들이었다. 그 사진들을 천천히 넘겨 보았다. 이제는 돌아갈 수 없는 그때의 시간, 가장 가까웠던 소중했던 사람들과의 관계가 끊어진 자신의 모습에 유헌은 혼자임을 자각했다.

★
끝

"대표님, 올겨울의 컬러는 블루라고 하죠?"

고급스러운 라운지에서 세진은 패션 잡지 기자와 올겨울 패션 트렌드에 대한 인터뷰를 하고 있었다.

"네, 이번 겨울은 가을에 발표한 것처럼 딥한 블루 컬러의 아이템들이 유행하고 있어요. 예를 들면 짙은 바다 색깔의 코트나, 원석의 블루 펜던트 같은 종류들이 많은 사랑을 받고 있죠. 블루 컬러에는 여러 가지 종류가, 욱!"

세진은 갑자기 풍겨 오는 비릿한 냄새에 헛구역질이 났다.

"대표님, 괜찮으세요? 여기 물."

패션 기자는 세진에게 물을 건넨다.

"아, 네. 감사합니다, 기자님."

소연은 미소 지으며 자신의 배에 손을 얹었다.

"대표님, 혹시?"

"네, 맞아요. 저 임신했어요. 결혼한 지 6개월 만에 저희 부부에게 아이가 찾아왔네요."

"축하드립니다. 대표님. 정 위원장님이 많이 좋아하시겠어요."

기자는 또 다른 이슈를 찾아 기쁜 듯했다.

"네. 저도 30대 후반이어서 노산이라 기대도 안 했는데, 우리 남편이 밤마다 절 안 놓아주네요. 덕분에 아이가 생겨 저도 매일이 새롭답니다."

눈을 반짝이며 웃는 세진의 모습을 기자는 사진으로 담았다.

세진의 인터뷰 영상은 그날의 최고 핫한 이슈로 꼽혔다. 한편, REMKOR의 회의실에서 불법 기억 유통에 대한 대책 회의를 하던 준혁은 자신의 사무실로 돌아왔다. 오늘의 증시 현황, 정치 뉴스 등을 훑어보던 준혁은 스크롤을 내리던 중 손가락을 멈췄다.

[단독] 윤성그룹 윤세진 CEO, 임신 고백! "남편이 매일 밤 제 손을 잡아 줘요."

"사랑받고 있다는 걸 매일 느껴요. 남편은 절 혼자 두지 않아요."
최근 가장 영향력 있는 여성 리더로 손꼽히는 윤성백화점 윤세진 대표(38)가 최근 한 패션 인터뷰에서 임신 사실을 처음으로 공개하여 큰 화제를 모았다. 윤 대표의 남편은 감정 기억 기반 기술 기업의 핵심 연구원 출신인 국가기억윤리위원 정유헌 위원장(57).
그는 기억 기술을 통한 심리 치유 논문을 발표한 엘리트 출신으로 6개월 전 윤세진 대표와 결혼 후 조용히 윤성그룹의 공식 행사에도 참석하며 경영가의 한 축을 함께하고 있다.
윤세진 대표는 인터뷰 내내 조심스러운 말투였지만, 남편과의 관계에 깊은 신뢰를 드러냈다.

얼마나 시간이 지났을까? 준혁은 한참 동안 인터뷰 기사만 응시했다. 대수롭지 않게 인터뷰 기사들을 빠르게 돌려 보다가 피식거리며 웃었다.

믿기지 않는 사실에 준혁은 미간을 찌푸렸다. 그는 고개를 뒤로 젖히며 한참 동안 사무실의 천장을 바라봤다. 자신을 떠난 것에 어떠한 이유가 있을 것이라 여기며 버틴 날들이었다.

조금만 견디면 이 지옥 같은 시간도 지나갈 것 같았다. 꼭 다시 돌아올 것이라 스스로 세뇌시키고 하루하루를 버텼던 준혁이었다. 자신을 떠난 것도, 결혼을 서두른 것도, 윤성그룹의 청소부 역할을 하는 유헌의 모습도 그리고 임신 소식까지. 이 모든 것이 거짓말 같았다.

'나는 너에게 고작 치기 어린 마음이었던 건가.'

준혁은 숨이 막혔다. 가슴 속에 깊은 불구덩이가 있고 눈까지 그 열기가 전달되는 느낌이었다. 속이 울렁거리고 눈동자는 붉어졌다. 그리고 자신이 알던 유헌은 이제 이 세상 어디에도 없는 것이라는 생각이 들기 시작했다.

'나만 이런 감정을 간직하고 괴로워하고, 매일 밤 슬퍼했다고.'

준혁은 고개를 끄덕였다. 무시당하고 조롱당한 것 같은 마음이었다. 준혁의 마음이 지난날, 두 사람의 관계에서 도구로 쓰인 것 같아 숨이 쉬어지지 않았다.

★

따뜻한 아메리카노 한 잔

　세현은 갑자기 추워진 날씨에 긴 코트를 꺼내 입었다. 포송이가 생각나는 날은 편한 신발을 신고 밖으로 나왔다. 우습게도 15년이 지나서야 정체된 기억을 찾은 세현은 그렇게 많이 슬프지 않았다. 없어진 기억만큼 슬픔도 사라진 것일까?
　'기억하지 않아서 감정도 무디어지는 것일까?'
　세현은 생각했다. 세현은 주머니에 황금색 포송이의 방울을 지니고 다녔다. 자주 보고 만지고 딸랑거리는 소리를 들으면 꼭 애도하는 기분이 들었다. 포송이를 잊지 않고 슬퍼하는 것 같았다.
　차가운 바람이 불었다. 세현은 슬픔이 밀려올 때 슬퍼하기로 했다. 애써 애도하려고 슬픈 감정 속에 자신을 두지 않기로 했다.

　그때였다. 마주 보던 방향에서 오던 남자가 자신에게 말을 걸었다.
　"어? 간호사님?"
　"누구?"

세현이 물었다.

"저, 모르시겠어요? 저 커피 빈칸이요."

"아!"

세현은 그날 기억 재활 상담에 참석했던 남자를 떠올렸다. 기억을 주기적으로 지우지만 공허함과, 이유 모를 단절을 느낀다는 남자. 커피에 대한 느낌을 생각해 오라고 세현이 과제를 내주었던 그 남자였다. 남자는 브라운 정장을 입고 SJ기업 사원증을 목에 걸고 있었다.

"그 상담 뒤로 커피를 마시며 어떤 느낌인지 계속 생각했어요."

"그래서, 그 빈칸은 찾으셨어요?"

세현이 물었다.

"아니요, 아직…. 늘 똑같아요."

남자는 차가운 바람을 막고 세현 앞에 섰다.

"그래서 말인데, 시간 되시면 저랑 커피 한잔 하실래요?"

세현과 남자는 따뜻한 아메리카노를 사서 공원 벤치에 앉았다.

"전, 제 기억의 빈칸을 찾았어요. 너무 오랫동안 잊고 살았더라고요."

세현은 커피 잔을 만지작거리며 말했다.

"그래서, 빈칸을 채우니 어때요?"

이번에는 남자가 물었다.

"아프고요, 슬퍼요. 그런데 시간이 너무 지나서 그런지 그렇게 많이 슬프지 않아요. 나 이상하죠?"

"그게, 당연한 거 아닐까요? 기억이 남더라도 감정이 따라오지 않으면…."

"그 말이 더 슬프네요. 감정이 따라오지 않는다라….”

남자는 조용히 고개를 끄덕인다.

"전, 생각해 보면 제게 별로 중요하지 않은 기억과 감정들을 주기적으로 지웠던 것 같아요. 자연스럽게 소멸되는 기억을 지움으로써 뭔가 내 인생을 정리하는 느낌을 받았던 것 같기도 하고.”

세현은 말없이 남자의 눈을 바라봤다.

"이젠 억지로 빈칸을 채우려고도 하지 않고, 그 공허함을 일부러 만들지 않으려고요. 그래서 그 후로 기억 재활 상담에 가지 않았어요. 그리고 오늘 커피에 대한 빈칸이 조금은 채워졌어요.”

"궁금하네요, 그 빈칸.”

남자는 세현을 조용히 바라봤다. 커피를 한 모금 더 마셨다. 그러더니 다짐하는 듯한 얼굴로 세현에게 말했다.

"제 이름은 김승우입니다. 간호사님은 이름이 뭐예요?”

뜻밖의 대답이었다.

"김세현.”

세현은 눈썹을 살짝 들어 올리며 대답했다.

"세현 씨, 다음번에 커피 한잔 더 해요. 우리.”

"내가 느끼는 공허함은 세현 씨를 만나면 채워질 것 같은데, 세현 씨도 오래된 슬픈 감정을 찾으려 하지 말고 나를 통해 새로움으로 그 빈칸 조금 채워 봐요.”

남자는 얼굴을 붉히며 말했다. 남자는 갑자기 무엇인가 생각난 듯 말을 이어 나갔다.

"우리, 다음번엔 비 오는 날에 볼래요? 오늘 이후로 비 오는 날에 카페에서 만나요. 비 올 때까지 언제 비가 오나 기다려도 보고, 비가 오는 날엔 연락해서 설레어 하면서 만나요."

세현도 얼굴이 붉어졌다. 그리고 대답했다.

"좋아요."

*
조작된 기억

사무실의 조명은 모두 꺼진 어둠 속, 책상의 노트북만이 켜져 있다.

- 9월 17일: 윤성그룹 갤러리아 행사 참석
- 10월 1일: 기억 보존 윤리 포럼 연설
- 11월 27일: Re:MEM , 국방부 공동 세미나 참석
- "국가기억윤리위원회 정유헌 위원장이…"
- "윤성그룹 윤태경 회장의 매제 정유헌은…"
- "윤성백화점 CEO의 남편 정유헌의…"

너무나 잔인했다. 준혁은 매일 자신에게 업데이트되는 유헌의 소식들이 너무 가혹하다고 느껴졌다. 기억 정제 회사 대표인 준혁과, 윤리위원회의 위원장이란 직책 사이의 거리는 구조적으로 항상 연결되어 있었다. 준혁은 잊고 싶고 지우고 싶고 살고 싶었다. 이미 유헌이 자신은 잊은 채 다른 시간과 계절을 보내고 있기에 이제는 그만 놓아주고 싶었다.

하지만 시간이 갈수록 유헌의 일상은 준혁을 힘겹게 했다. 이별의 시간이 흐를수록 사라지지 않는 기억으로 늘 존재했다.

유헌의 일정, 회의 발언, 윤성그룹 관련된 이슈는 항상 시스템상 준혁에게 보고되었다. 그리고 그때마다 준혁은 울리지 않는 자신의 전화기를 쳐다봤다.

차라리 모르고 살면 조금 더 이별이 쉬울 것이라고 생각했다. 준혁은 지옥 같은 이 상황에서 계속 쌓여 가는 감정이 무서웠다. 그리고 자신이 괴로운 만큼, 아니 그것보다 아주 조금은 유헌도 힘들어하기를 바랐다.

그는 정제된 자신의 기억들을 모니터에 띄웠다. 함께 프로젝트를 끝내고 맥주를 마시는 장면, 추운 겨울 회의실에서 뜨거운 커피 한잔에 몸을 녹였던 장면, 같이 밥을 먹고 웃고 연구했던 날들에 행복함을 느꼈던 장면. 준혁은 타임라인을 조정하며 감정 수치가 높은 구간만을 남겼다.

'행복, 신뢰, 설렘, 기대감, 소속감' 모든 정제 범주들이 준혁에게는 상실로 다가왔다. 그리고 준혁은 REM칩을 리더기에 넣고 감정 수치가 높은 기억들을 동기화시켰다.

유헌의 선택 끝에 준혁이 서 있어야 했다. 준혁은 그의 선택이 자신이 아니라는 사실에 점점 버거워졌다.

시간이 지날수록 망각이 아닌 기억과 심리저인 지옥에서 벗어날 수 없다는 생각에 두려웠다. 그 생각은 준혁을 서서히 도덕적으로 무너지게 했다. 그리고 끝내 준혁에게 윤리의 선을 넘도록 만들었다.

내일 오전, 행복했던 기억들을 선별한 REM칩은 유헌의 정기적인 REM칩 교체 일정에 맞추어 유헌의 머릿속에 박힐 것이다. 그렇게 지워지지 않는 존재로 준혁은 유헌의 기억 속에, 감정 안에 남게 될 것이다.

*
햇살이 비치는 자리

　유헌은 익숙한 건물로 들어섰다. 보안 게이트를 지나고 로비에서 몇몇의 직원들이 반갑게 자신에게 인사하지만 그는 조용히 웃기만 했다. REM칩 삽입 의무화 법안 이후 기억을 삭제하지 않는 보존자 선택을 한 사람들도 5년마다 NID-7과 같은 바이러스를 예방하기 위해 REM칩을 교체했다.

　REM칩 교체를 위한 프로토콜 설명을 받는 동안 유헌의 눈길은 기술관리센터 반대쪽, 준혁의 사무실을 향했다.

　"위원장님, REM칩 내구성 양호하고 연결 상태 이상 없습니다. 기존 칩도 별다른 이상 없으셨죠? 예정대로 교체만 진행하시면 됩니다."

　설명과 동시에 교체는 완료됐다. 유헌은 고개를 끄덕였다. 그리고 마치 무의식처럼 그의 발걸음은 준혁의 사무실로 향했다.

준혁의 사무실 앞

"위원장님, 안녕하세요. 대표님은 지금 자리에 안 계세요. 외부에 미팅하러 가셨어요."

준혁의 비서는 반가운 표정과 말투로 유헌을 맞이했다.

"커피 한 잔 드릴까요?"

"그럼, 사무실에서 커피 한잔하고 가도 될까요?"

유헌은 답했다.

깔끔하게 정리된 준혁의 책상, 사무실의 유리문 너머 준혁이 없는 자리를 들여다봤다.

Re:MEM을 퇴사하고 정치에 몸담은 그 시간에도 가끔 유헌은 준혁의 사무실을 찾았다. 창문 틈으로 햇살이 비치는 자리에 시선이 머물렀다. 유헌은 텅 빈 자리를 보고 말없이 창가 앞에 섰다. 정말 아무 일도 아니라는 듯, 또는 말할 수 없는 사람처럼 눈길만 잠시 머물렀다.

햇빛을 많이 쐬어 주고 물을 자주 줘야만 꽃이 피는, 코끝에 헤이즐넛 커피 향이 머무는 막실라니아 화분은 더 이상 이 공간에 없었다. 유헌은 화분이 놓였던 자리에서 시선을 떼고 천천히 몸을 돌렸다. 기술관리센터 쪽으로 발걸음을 옮기지만 쉽게 발을 떼지는 못했다.

*
통로, 집

유헌은 집으로 향했다. 그리고 소파에 앉아 책을 읽고 있는 세진에게 물었다.

"임신 소식은 적어도 나한테 먼저 알려 줬어야 하는 거 아닌가?"

세진은 어이없다는 듯한 표정으로 고개를 갸웃했다.

"당신 참 신기한 사람이야. 난 말이야. 우리가 결혼하기 전엔 그래도 남들이 보기엔 평범한 결혼 생활을 할 수 있을 줄 알았거든? 난 당신의 지적인 능력, 나이보다 훨씬 어려 보이는 외모에 잠시 끌렸던 건 사실이야. 그런데 당신은 우리의 결혼과 나에 대한 기본적인 관심이 없어. 사실 무슨 생각을 하는지 모르겠어. 대체 뭘 위해서 윤성그룹이랑 엮인 거야? 정치적인 야망이 있어 보이지도 않고, 오빠처럼 지독하게 돈 돈 하는 스타일도 아니고…."

세진은 도저히 이해가 되지 않는다는 듯이 양손을 들어 올렸다.

"난 말이야, 이제까지 살면서 원하는 것 한 번도 놓친 적 없어. 권력도 사람도 말이야. 물론 그중엔 당신도 포함이야. 거기에 안 생길 줄 알았던 아이까지 생겼어. 얼마나 축복이야? 난 여전히 사랑 같은 건 믿지 않아. 그런 얄팍한 감정으로 시간 낭비하기엔 난 너무 가진 게 많거든."

세진은 배에 손을 얹었다.

"그래서 당신한테 바라는 거 아무것도 없어. 물질적인 것, 정신적인 사랑? 그런 것 내가 다 아이한테 해 줄 수 있어. 당신은 그냥 대외적인 행사에 참석만 하고, 아빠의 자리만 채우고 있으면 돼. 그 이상은 내가 원하지 않아."

보육원에서 어린 시절을 보낸 유헌은 머리가 울리는 듯한 감각이 온몸을 지배하는 듯했다. '아빠'라는 단어가 세진의 입에서 감정 없이 오르내렸다.

유헌은 말없이 세진을 봤다. 그리고 이곳에서 자신이 '살고 있는' 건지, 아니면 단지 '존재하는' 역할인 건지 혼란스러웠다.

*
혼돈

"위원장님, 오늘은 스케줄이 많습니다. 바쁘게 움직이시죠. 첫 번째 가실 곳은 그룹 행사로 경기도 남부권의 재개발 부지 협약식입니다."

유헌의 비서가 말했다.

유헌은 단정한 정장 차림으로 재개발 부지 조감도 앞에 서 있다. 어느새 세진까지 합류했고, 조감도 앞 나란히 선 그들의 모습을 기자들이 사진을 찍었다.

'임신을 한 여성 CEO는 일도, 사랑도 놓치지 않는다.'라는 프레임까지 씌워진다. 미리 재개발 부지의 땅을 사 놓은 윤성그룹은 잘 짜인 각본처럼 움직였다.

"여기, 이곳 참 마음에 들어. 여보, 그렇지 않아?"

세진은 현장 조감도에 있는 '문화광장 부지'에 레이저 포인터를 쏘며 말했다.

"여기에 많은 건물과 가게들이 들어올 거야. 슈팅벅스도 들어오고. 슈팅벅스가 사람들 모으고 상권 활성화하는 데에는 최고잖아?"

세진은 벌써 건물을 짓고 돈이 돌고 도는 것처럼 말했다. 그 순간 어떤 기억 하나가 유헌에게 속삭였다.

"서울은 이미 꽉 찼어. 경기도 남부권에 회사를 올릴까? 유헌, 네 생각은 어때? 여기 언젠가는 상업지로 팔릴 거야. 빽빽하게 높은 건물들이 많이 올라가겠지. 공원 하나 있으면 참 좋을 것 같긴 해."

유헌은 갑자기 Re:MEM의 위치를 의논하던 준혁과의 젊은 날이 떠올랐다. 과거에 준혁이 말했던 공원의 위치와 세진이 레이저 포인터를 쏜 영역이 겹쳐 보여 유헌은 이내 머리를 흔들었다.

세진이 잠시 자리를 비운 사이 혼자 남은 유헌은 행사장 밖으로 나와 하늘을 바라보았다.

"여보, 나온 김에 우리 점심 같이 먹고 가요."
잠시 후 돌아온 세진은 유헌에게 팔짱을 끼며 말했다.
공식적인 행사에 나오면 세진은 꼭 유헌에게 다정한 척을 했다.
"주문 도와드릴까요?"
종업원이 다가와 물었다. 세진이 입을 열기도 전에 유헌은 말했다.
"히쓰마부시 한 마리 반이랑 삼겹차슈덮밥 한 개 주시겠어요?"
"여보 지금 뭐 하는 거야?"
세진이 놀란 듯 종업원을 향해 잠시만 기다리라는 손짓을 했다.
"아, 미안, 미안해."
유헌은 고개를 돌리며 시선을 피했다. 그런 그를 세진은 뚫어져라 바라봤다.

'유헌아, 히쓰마부시 맛있게 먹는 법 아냐? 먼저 밥을 4분의 1로 나눠. 처음엔 장어와 밥을 그냥 먹어 봐. 두 번째는 빈 그릇에 밥이랑 장어를 덜어서 야채를 넣고 와사비랑 같이 먹는 거야. 세 번째는 오차즈케를 넣어서 먹고, 마지막은 먹었던 3가지 방법 중에 네 입맛에 제일 맞는 방법으로 먹는 거야. 어때? 한 가지 메뉴인데 조금씩 다른 느낌이 나지? 넌 인마, 언제까지 촌스럽게 고기만 고를 거야? 장어도 좀 먹어 봐.'

갑자기 준혁의 목소리와 어린아이처럼 신나 하던 얼굴이 떠올랐다. 잊고 살았던 너무 오래전 기억의 소환에 유헌은 적잖이 당황했다. 그 표정을 세진이 놓칠 리가 없었다.

"아, 진짜 짜증 나. 밥 하나 먹는 것도 이렇게 짜증 날 수가 있는 건지."

세진은 배를 잡고 조심스럽게 자리에서 일어났다. 유헌은 가만히 혼자 앉아서 허공을 바라봤다. 그리고 눈앞에 있는 음식을 보며 젊은 날의 기억을 떠올렸다.

*
성장과 치유

어느 12월의 저녁

   세현은 국자를 들고 미역국을 휘저었다. 은은한 미역 냄새가 온 집 안에 퍼지고 있었다.
   "엄마, 아빠 저녁 드세요."
   소연과 현우는 자리에 앉았다. 세현이 밥과 미역국을 두 사람 그릇에 담아 테이블에 놓았다. 계란말이에 무생채무침, 스팸까지 바짝 구워 맛있는 한 상이 차려졌다.
   "어머, 웬 미역국이야?"
   소연이 물었다.
   "그냥, 먹고 싶기도 하고. 어릴 적에 많이 끓여 봤는데 레시피가 기억이 안 나더라고요. 찾아보면서 했는데 생각보다는 간단했어요."
   세현은 물컵과 수저까지 놓고 자리에 앉았다.

"자, 먹자."

소연과 현우는 서로 눈을 마주쳤다. 소연은 미역국을 한술 뜨고 잠시 숟가락을 내려놓았다.

"세현아."

"엄마, 뭘 걱정하는지 알아요. 근데 걱정하지 마세요. 포송이를 보낸 기억이 슬픈 감정만 남아 있는 건 아니었어요. 그때의 좋았던 기억도 같이 떠오르니까, 여러 가지 생각이 들더라고요. 기억은 남았지만 슬픈 감정이 옅어지기도 하고, 또 기억은 안 나지만 행복했던 느낌이 들기도 하고요. 그래서 느끼는 대로 그때그때 생각나는 대로 기억하기로 했어요."

세현은 미역국을 한 입 입안에 넣었다. 세 사람은 조용히 식사를 이어 나갔다.

"오늘 미역국, 진짜 맛있구나."

현우는 세현을 보며 말했다. 기억을 지우지 않고 품고 살아가는, 상실의 기억을 고통 없이 다루는 세현을 보며 현우는 그저 조용히 웃었.

소연은 말없이 미역국을 천천히 내려다봤다. 10살, 토악질하던 어린아이가 이렇게 자라서 자기 손으로 추억을 끓여 내는 날이 올 줄이야. 소연은 몰래 붉어진 눈가에서 떨어지는 눈물을 훔쳤다. 그러고는 숟가락을 내려놓고 말했다.

"고마워, 세현아…. 고맙다."

세현은 엄마의 눈물에 잠시 놀란 듯 멈칫히다가 조용히 고개를 끄덕였다.

"나도, 엄마. 나도 너무 고마워."

*
완전한 고립, 절망

　유헌은 오늘 REM칩 관리 공청회에 참석했다. 오후 4시에 시작된 공청회는 각계 전문가들과 시민, 기자단, Re:MEM의 관계자들이 함께했다. 윤 회장은 공청회에서 여론을 흔드는 말 따위는 하지 말라고 어젯밤 유헌에게 당부했다. 준혁과 소연은 실시간으로 화면을 시청 중이었다.

　카메라 셔터 소리와 짧은 웅성거림 속에 유헌이 단상 위에 섰다. 유헌은 고개를 들고, 조용한 목소리로 발표를 시작했다.

　"우리는 NID-7 바이러스 이후 기억이 사라지는 고통과 기억을 유지하는 두려움 사이에서 이 기술을 선택했습니다. 하지만 지금, 우리는 더 어려운 질문 앞에 섰습니다. 「기선법」에 의해 주기적으로 삭제된 기억과 감정. 하지만 저는 그 '삭제'라는 표현이 정확한 말인지 의문을 품기 시작했습니다."

　관중들이 술렁이기 시작했다. 유헌은 말을 이어 나갔다.

　"우리는 삭제된 기억을 정말 없앴다고 믿고 있습니다. 그러나 삭제된 데이터는 그저 시스템 밖으로, 그러니까 우리 머릿속에서 나갔을 뿐입니다. 정제된 감정 데이터는 의료 연구소로 넘어가고, 익명화되어 분석되며, 때로는 심리 모델 개발에 쓰입니다. 그리고 일부는 기업 알고리즘의 개선 데이터로도 활용되고 있습니다."

패널 의원 한 명이 손을 들어 질문했다.

"그럼, 누군가의 고통, 분노, 실연 등의 감정이 어딘가에 남아 돌아다니고 있다는 겁니까?"

"네, 하지만 그건 감정이 아니라 데이터입니다. 하지만 그 데이터를 만든 건 사람이죠."

잠시 정적이 흘렀다. 곧 기자들의 타이핑 소리가 들렸다. 또 다른 패널 의원이 질문했다.

"위원장님, 그렇다면 인간의 고통, 분노 등의 감정을, 쉽게 말해서 내가 사랑했던 기억이나 증오했던 순간들을 보유하고 또 그 데이터를 복원에서 누군가에게 심어 줄 수도 있다는 것 아닙니까?"

유헌은 준혁을 떠올렸다. 그 순간 왜 준혁의 얼굴이 떠올랐는지는 본인도 알지 못했다.

"그렇습니다. 현재 기술은 삭제한 그 기억들을 완전히 복원할 수 있는 시점에 와 있습니다. 그렇다면 우리는 지금 느끼는 이 감정이 진짜인지, 아니면 누군가가 나에게 심어 준 감정인지 어떻게 구분할 수 있을까요?"

유헌이 대답했다.

"그래서 지금 필요한 건 기술의 수준이 아니라 선택의 기준입니다.

우리는 모두가 기억을 공유할 수는 있지만 그 기억을 받아들일 권리는 그 사람만이 가질 수 있어야 합니다. 기억의 윤리란, 무엇을 남기느냐가 아니라 무엇을 어디에 남기느냐의 문제입니다. REM 시스템은 개발을 멈추지 않을 것입니다. 하지만 우리 인간이 기억의 무게를 끝까지 놓지 말고 책임져야 한다는 것을 꼭 인식해야 합니다."

오늘 유헌이 끌고 간 공청회는 다소 충격적인「기선법」의 실체를 공식적으로 발표한 것과 같았다. 안정화된「기선법」과 REM 시스템에 대한 믿음에 대한 경고였고, 개인의 입장에서 그 두 가지 요소에 문제가 있다고 환기시켜 주는 것과 같았다.

그리고 준혁은 유헌이 말한 REM 시스템의 불신 그리고 철학적 질문들이 꼭 자신에게 하는 이야기처럼 느껴졌다.

"어디로 모실까요? 위원장님."

1시간 반의 공청회가 끝나자 유헌은 온몸에 힘이 빠졌다.

"일단, 그쪽으로 갑시다."

"네, 모시겠습니다."

해가 빨리 지는 추운 겨울, 밤과 저녁이 구별되지 않는 시간, 유헌은 잠시 잠이 들었다.

"위원장님, 다 왔습니다. 말씀하신 스시 도시락 2개는 여기 있습니다."

기사가 말했다.

"아니, 황 기사님. 여기는 왜? 이쪽으로 왜 오신 겁니까?"

준혁이 사는 빌라 앞 입구에 도착한 유헌은 당황한 기색을 감추지 못했다.

"아까 이쪽으로 가자고 하셨습니다. 도시락도 준비하라고 하셨는데 많이 피곤하십니까? 위원장님 댁으로 모실까요?"

기사는 잠결에 그럴 수 있다는 식으로 유헌에게 말했다.

"아니, 잠시만 5분만 여기 있다가 갑시다."

유헌은 한 손으로 이마를 짚고 창문 밖을 바라보았다.

하루종일 입에 아무것도 대지 않은 날이었다. 허기는 이미 찢어질 듯한 고통과 울렁거림으로 변했다. 옆자리에 놓인 스시 도시락은 준혁이 제일 좋아하던 음식 중 한 가지였다. 아무런 생각 없이 같이 밥을 먹고 숨을 쉬고 싶었다. 마음 편하게 밥을 먹고 잠을 자고 싶었다. 그리고 그가 보고 싶었다. 그때 유헌의 전화기 벨이 울렸다.

"정 위원장, 공청회에서 쓸데없는 말 하지 말라고 했지 않나? 기억의 윤리, 감정이 옮겨진다는 둥의 말, 책임 같은 소리. 그딴 거 우리가 감당할 수 있는 메시지 아니지 않나?"

윤 회장은 기다렸다는 듯이 불만을 퍼부었다. 윤 회장의 말들은 전화기를 타고 넘어 공기 중에 퍼졌다. 유헌은 조용히 듣고만 있었다.

"진실? 네 진실 따위 세상이 알아줘? 다음엔 여론 흔드는 말 절대 하지 마. 우린 이걸로 사회적인 안정과 기업 신뢰, 더 나아가 윤성그룹의 돈줄이 되는…."

'뚝.'

유헌은 전화를 끊었다. 더 이상 듣고 싶지 않았다. 자신이 무엇을 위해 이렇게 사는 것인지 아무런 생각이 들지 않는다. 도시락 봉투의 끝을 만지작거리며 준혁이 사는 빌라를 바라봤다. 그리고 눈을 감았다.

"위원장님, 댁으로 모실까요? 집에 가서 쉬시는 게 좋을 것 같습니다."
기사는 유헌을 안쓰럽게 바라봤다.
'집? 어디 집? 나에게도 집이 있었던가?'
유헌은 냉소적으로 자신에게 물었다.
"아니, 근처 호텔로 갑시다. 오늘은 거기서 쉬어야겠어."
유헌이 말했다.

도시락을 들고 호텔방 안으로 들어섰다.
'윙윙.'
휴대폰의 문자 소리가 울렸다.

> 내일, 나 2시에 기자랑 미팅 있어. 시간 맞춰서 내가 좋아하는 간식 사 들고 사무실로 와. 바쁜 와중에 시간 내서 온 것처럼 먹을 것만 두고 가.

세진의 문자에 유헌은 웃기 시작했다.
준혁의 따뜻한 미소와 자신이 가지고 온 도시락, 세진의 계산적인 얼굴과 공청회에서 웅성거림, 윤 회장의 목소리, 세진의 아기 초음파 사진 등이 머릿속에서 뒤엉키었다. 모든 게 섞여 두통이 몰려왔다. 유헌은 일어서서 욕실로 향했다. 세면대에 물을 틀고 거울을 마주 보며 중얼거렸다.
"너, 뭐 하는 거야. 네가 원하는 게 이런 거야?"
그는 스스로의 눈을 똑바로 바라보며 중얼거렸다. 거울 너머에는, 더 이상 버틸 힘이 없는 깨진 자아가, 단절된 감정만이 남아 있었다.

*
용서

    소연은 아침 일찍 일어나 회사로 향했다. 아무래도 어제 공청회의 내용이 계속 신경이 쓰였다. 무엇보다 검고 까칠한 유헌의 얼굴이 마음에 걸렸다.
    그동안 딸의 기억을 찾는 이슈로 준혁과 유헌에게 소홀했다는 생각이 들었다. 여름부터 지금까지 시간은 너무나 빨리 흘렀다.
    소연은 유헌에게 전화를 걸었다. 받지 않는 신호음만 길게 울리었다. 이번에는 준혁에게 전화를 걸었다.
    "선배, 나 지금 출근 중이야. 아침에 커피 한잔해."
    15분 후 소연은 Re:MEM의 대표실로 향했다.
    "선배, 여기 커피. 날씨가 점점 추워진다. 이럴 때는 뜨거운 라테 어때?"
    소연은 준혁에게 자신이 사 온 커피를 내밀었다.
    "뭐야? 책상에 있던 커피 네가 사 온 것 아니었어?"
    준혁은 소연이 가져온 커피를 쳐다보았다. 한 손에는 이미 절반 정도 마신 커피가 들려 있었다.

"아니야, 나 방금 왔는데? 누가 갖다 놓은 거지?"

소연이 준혁의 사무실을 빙 둘러보며 말했다. 그러곤 무엇인가를 발견한 듯 소리를 높였다.

"어? 선배. 못 보던 선인장이네. 새로 샀어?"

소연은 창가 옆에 놓인 미니 선인장 화분을 만졌다. 준혁은 화분 가까이 다가갔다. 그리고 화분 흙 위 모래알들 사이에 놓인 USB를 발견했다.

"이건 뭐지?"

준혁은 이상한 기분이 들었다. 책상으로 달려가 커피가 놓였던 자리를 다시 보았다. 하얀색 봉투가 준혁의 눈에 들어왔다. 손을 집어 잡으려는 순간이었다.

"대표님, 대표님, 뉴스 좀 보세요!"

준혁의 비서가 다급히 사무실의 문을 열고 들어왔다. 비서가 건넨 태블릿을 받아 보니 뉴스 속보 자막이 흘렀다.

[속보] 윤리위원회 정유헌 위원장, 사무실에서 숨진 채 발견…. 자살 추정. 유서 발견

준혁의 눈동자가 얼어붙었다. 태블릿을 잡은 손에 힘이 들어갔다. 소연은 조용히 커피를 내려놓고 화면을 바라보았다.

"설마…. 아니지?"

준혁은 태블릿을 내려놓지 못한 채 풀썩 의자에 기대앉았다. 준혁은 천천히 고개를 돌려 책상 위에 놓인 커피 잔과 봉투를 바라보았다. 손이 떨렸다. 그는 봉투를 집어 들었다. 봉투 겉면에 '준혁에게'라고 다정하고 반듯하게 쓰인 글씨가 있었다. 유헌의 글씨가 분명했다. 준혁은 편지를 조심스럽게 읽어 내려갔다.

준혁에게

준혁아, 이런 방식으로 글을 남기게 될 줄 몰랐어.
그동안 너에게 하고 싶은 많은 말들을 삼키며 살았다, 나는.
난, 널 지키겠다고 늘 생각했어. REM도, 우리의 시간도.
너와 함께했던 시간들이 나에겐 너무 따뜻했다.
내가 떠나는 건, 너 때문이 아니라
이 모든 걸 버틸 수 없는 나 때문이야.
화분에 있는 USB에는 네가 알아야 할 정보들이 들어 있어.
끝까지 미안했고, 고마웠다.
그리고 너를 용서해라.
이게 내가 너에게 바라는 마지막 마음이야.

종이를 든 준혁의 손이 떨렸다. 그리고 어제 공청회에서 자신을 향해 말하는 듯한 유헌의 모습이 눈에 아른거렸다.
"내가, 내가 REM칩에 기억을 심었어…."
준혁은 중얼거렸다.
"뭐라고 그랬어? 방금?"

소연이 눈을 크게 뜨고 준혁을 바라보았다.

"내가 무너지는 만큼, 조금만 아주 조금이라도 기억하기 바랐어, 난…."

준혁은 참았던 눈물을, 울음을 터뜨렸다. 소연은 할 말을 잃고 가만히 그를 쳐다보았다. 그러더니 곧 곁으로 다가가 조용히 그의 등에 손을 얹었다.

준혁은 소연의 팔을 부여잡은 채 무너졌다. 모두의 침묵 속에서 준혁의 울음만이 조용하게 흘렀다.

*
기억의 윤리

    빈소 밖에는 수십 개의 화환이 늘어서 있었다. 하지만 장례식장은 작고 조용했다. 소연은 검은 정장을 입고 묵묵히 사진 앞에서 향을 피웠다. 준혁은 한쪽 벽을 등에 기대고 앉아 있었다.
    "선배, 이거 너무 하는 거 아니야? 어떻게 윤성그룹에선 사람 하나 안 와? 적어도 윤세진은 와야 하는 거 아니야?"
    소연은 영정 사진을 보다가 고개를 떨궜다.
    "어떻게 이렇게 조용할 수가 있어, 어떻게…."

    부슬비가 내리는 날이었다. 이틀 뒤 화장로 앞 대기실에서 준혁과 소연은 서로를 보지 않은 채 나란히 앉아 있었다. 빈소에서부터 이어진 조용한 침묵. 그들은 말없이 유헌의 관을 화장장에 넘겼다.
    불이 타오르는 소리는 들리지 않았다. 그 흔한 곡소리도 들리지 않았다. 그러나 준혁과 소연은 알고 있었다. 유헌이 사라지고 있다는 것을.
    "겨우 90분이다. 사람이 타는 데, 50년 넘게 살아 있던 사람이 한

줌 재로 변하는 시간이 겨우 90분이야."

준혁은 기어들어 가는 듯한 목소리로 말했다.

"유헌이 공청회에서 했던 말 기억나지? 기억의 윤리란 말. 그거 나한테 던진 말이었던 것 같아."

준혁은 손가락으로 얼굴을 가리며 괴로워했다.

'무엇을 어디에 남긴다, 기억을 정제해서 고통을 덜어 주는 시스템 그리고 한 인간을 지우는 방식으로 사용된 시스템.'

전광판에 화장 완료를 알리는 표식을 본 소연은 조용히 준혁을 일으켰다.

"이제, 보내 줘야 해."

소연은 죄책감이 가득한 얼굴을 한 준혁을 바라봤다.

'어디서부터 잘못된 거지?'

소연은 생각했다.

'정유헌이 결혼한 것부터? 정치판에 들어간 것부터? 우리가 REM칩을 개발했던 날부터?'

준혁은 사람의 기억과 감정을 다루는 기술이 인간을 지키지 못한다는 사실을 믿기 힘들었다. 더욱이 자신이 제일 아꼈던 사람을 사지로 몰았다는 것이 그를 너무나 고통스럽게 했다. 유헌의 마지막을 쓸어 담는 모습을 두 사람은 지켜보았다.

"고인의 유골함입니다. 여기 있습니다. 조심히 들고 가십시오."

유골함은 놀랄 만큼 가벼웠다. 준혁은 자신의 기억에, 추억으로 가득 찼던 사람의 무게가 고작 이토록 가벼울 수 있다고 생각하니 너무나 슬펐다. 유골함의 뚜껑 위엔 작은 금빛 문양의 이름이 새겨져 있었다. '故 정유헌.' 준혁은 유헌의 마지막을 가슴 가까이 끌어안았다.

*
삶의 궤적의 가치

 윤 회장과 윤세진은 몇몇 경영진과 함께하는 오찬 자리에 앉아 있었다.
 "이제야 윤성그룹에서 사람 구실 좀 하나 싶었더니, 그새 죽어 버렸어. 쓸모없는 놈."
 윤 회장의 말에 임직원들은 어색한 웃음을 보였다.
 '어차피 내가 가지지 못할 바에 이렇게 된 게 다행이라고 생각해야 하나? 누가 뭘 하래? 그냥 허수아비처럼 있기만 하면 된다고 했잖아.'
 세진은 마음속으로 생각했다.
 "현장에서 아무런 특이점도 발견되지는 않았습니다만, 언론은 윤성그룹이 안으로 정 위원장을 압박했다고 생각하는 것 같습니다."
 임원 한 명이 말했다.
 "키우던 말 하나 죽었을 뿐이야. 그런 일로 윤성그룹이 흔들리는 거 봤어? 조금만 있어 봐. 언론도 조용해질 거야."
 그때, 임원들의 휴대폰 진동이 여기저기에서 울렸다.
 "회, 회장님 이것 좀 보십시오."

[LIVE] Re:MEM, REMKOR 도준혁 대표, 긴급 기자회견 - 기억 조작 자수 및 윤성그룹 고발

서울과학대학교 인지과학과 별관

　무대 위엔 단상 하나가 놓여 있었다. 그리고 그 앞으로 단정한 검은색 정장을 입은 준혁이 서 있었다. 준혁의 앞에는 기자 약 50명이 앉아 있었으며, 플래시가 터지고 각종 노트북과 노트 핀을 테스트하는 기자들의 분주함으로 열기가 뜨거웠다.
　스크린을 뒤로한 준혁은 마이크 앞에서 5초 동안 눈을 감았다. 준혁의 침묵에 별관 안은 쥐 죽은 듯 조용해졌다.
　"저는 Re:MEM과 REMKOR의 대표 도준혁입니다. 전 故 정유헌 위원장과 함께 기억 정제 기술을 개발한 사람입니다. 오늘 저는 정유헌 위원장의 죽음에 대한 진실을 밝히기 위해 이 자리에 섰습니다."
　기자회견장에 무거운 침묵이 흘렀다.
　"저는 정유헌 위원장이 REM칩을 교체하던 날, REM칩을 비윤리적으로 조작했습니다. 그는 그 사실을 인지하지 못한 채 제가 심은 기억과 현재의 삶의 충돌로 인해 힘들어했을 것으로 추측됩니다. 그는 기억과 현실 사이에서 무너졌고 결국 스스로 생을 마감했습니다. 모든 책임은 저에게 있습니다."
　기자들의 웅성거림과 동시에 카메라의 셔터 소리가 사방에서 울렸

다. 기자 한 명이 손을 들어 질문했다.

"왜 기억을 조작하신 겁니까? 이유가 있습니까?"

"정유헌 위원장은 윤성그룹과 결혼한 후 윤성그룹의 불법 기억 유통을 정치권 내의 명분으로 덮었습니다. 이만하면 대답이 되겠습니까?"

준혁은 스크린에 자료를 띄웠다. 스크린에는 윤성그룹의 정치 비자금 조성 내역, 재개발 예정지 매입 내역, 기억 불법 유통 경로가 공개됐다.

"이 USB에는 윤성그룹의 불법 자산 거래, 기억 시장을 이용한 탈법 행위, REM 데이터를 통한 개인 정보 매각 시도 등의 증거가 담겨 있습니다. 그리고 이 USB는 故 정유헌 위원장이 제게 마지막으로 남긴 메시지입니다."

기자 한 명이 손을 들고 질문했다.

"왜, 이렇게까지 하시는 겁니까?"

준혁의 얼굴에 복잡한 슬픔이 묻어났다.

"전, 세상에서 제일 친했던 친구를 잃었습니다."

준혁의 목소리가 흔들렸다.

"REM 시스템을 만든 사람으로서 기억을 다루는 기술의 윤리적 한계와 책임을 느꼈습니다. 저는 기억을 기술이라고 생각했습니다. 삭제하고 정제하고, 심지어 넣을 수 있는 그런 데이터 말입니다. 하지만 그건 오만이었습니다. 기억은 기술로 조작할 수 있을지언정, 그 기억이 담긴 사람의 마음까지는 조작할 수 없었습니다."

웅성거리는 소리는 어느새 사라지고 노트 핀의 불빛만 반짝였다.

"기억엔 감정이 붙어 있고, 감정에는 선택이 따릅니다. 그 선택을, 그 사람의 인생을, 제 욕심으로, 제 이기심으로 채웠습니다."

준혁은 고개를 떨궜다. 하지만 다짐이라도 한 듯 천천히 말을 이어 나갔다.

"기억은 삶의 궤적이자 존재의 증거입니다. 기억을 지운다는 것은 고통을 없애는 것이 아니라, 그 고통을 견딘 시간을 없애 버리는 것입니다. 이러한 이유로 전, 기억의 윤리는 기술의 개발, 정확성보다 사람의 존엄을 먼저 생각해야 된다는 결론이 이르렀습니다. 기억은 조작의 대상이 아니라, 개인이 지켜야 할 가치입니다. 전, 정유헌 위원장의 기억에 죄를 지었고, 이제 그 죗값을 받으려고 합니다."

이어지는 기자들의 질문 세례와 실시간으로 퍼져 나가는 준혁의 기자회견 영상은 대한민국을 충격에 빠트렸다. 준혁의 기자회견은 단지 자신의 잘못을 고백하는 것이 아니라, REM 기술 자체에 대한 사회적 재정립이 필요하다는 일침이었고, 이 발언은 공공기관과 학계, 윤리위원회까지 확산되었다. 그 여파로 2045년 12월 30일 추운 겨울, 「기선법」은 역사 속으로 사라졌다.

*
감정의 조각들은 연결되어 있다

서울중앙지방법원 제701호 법정 / 선거 공판일

 법정 안은 조용했다. 재판장 단상 위에는 판사가 있었고 그 아래쪽 좌우로 검사와 변호인, 피고인석엔 수척한 모습의 준혁, 방청석엔 소연의 가족이 앉아 있었다.

 "피고 도준혁은 故 정유헌 위원장의 REM칩에 사전 동의 없이 특정 기억을 주입해 정신적 고통을 느끼게 했으며, 결국 죽음으로 이어지는 결과를 초래하였습니다. 기억은 인간의 정체성입니다. 타인의 인생을 개입 가능한 영역으로 간주한 피고의 판단은 기억 기술의 윤리적 경계를 명확히 넘은 것이며, 현행법상 명백한 범죄입니다."
 판사가 숨을 고르며 덧붙였다.
 "그러나 피고는 행위 이후 증거를 제출하고 자수를 했으며, 공익적

고백을 통해 기술 남용의 실태를 알렸습니다. 또한 피고는 REM 시스템의 투명화와 윤리 기반 개편에 결정적 기여를 했습니다. 피고가 장기간 국가사업과 공공 재정 확보에 기여해 사회적으로 유의미한 공적을 세운 점, 기술 개혁에 초점을 둔 입장을 보인 점을 정상참작합니다. 이에 피고 도준혁에게 징역 1년, 집행유예 3년을 선고합니다."

법정 안은 정적이 흘렀다. 준혁은 천천히 고개를 숙였다.

"피고는 유죄입니다. 그러나 그 죄는 법이 정한 형량 이상으로 오랜 시간 피고 자신에게 남을 것입니다."

준혁은 고개를 들어 소연과 눈을 마주쳤다. 준혁은 희미한 미소와 반쯤 고인 눈물을 보였다. 그리고 이제 됐다는 듯 고개를 끄덕였다.

소연은 딸 세현과 남편인 현우와 함께 법정을 나섰다. 선고까지 참 많은 시간이 흘렀다. 지독하게 추웠던 겨울은 새싹이 피어나는 봄으로 바뀌었다. 잎을 피우기 위해 너무나 추운 겨울을 보냈었다. 세현은 소연의 손을 잡았다. 그리고 엄마인 소연에게 물었다.

"엄마, 15년 전 포송이를 죽인 범인도 오늘처럼 법정에 섰을 때, 그 사람 옆에 가족이 있었을까? 아까 선고문 들을 때 '준혁 아저씨 옆에 가족들이 있었으면 좋겠다.'라는 생각이 들었거든. 아저씨가 혼자서 너무 외로웠을 것 같아."

세현의 질문에 소연은 까마득한 기억 너머 15년 전 법정을 떠올렸다. 그러더니 갑자기 걸음을 멈췄다. 소연의 어깨가 약하게 떨렸다.

'아… 그 사람이었어.'

소연은 과거에 기억정제사로 일하던 자신을 찾아온 여인을 떠올렸다.

"'내가 다시 태어난다면 다르게 살아 볼 수 있을까?' 하고 아들이 교도소 면회실에서 저에게 중얼거렸어요. 그 아이의 무력감이 담긴 말이 계속 귓가에 맴돌아요. 살면서 해 준 것 없는 엄마지만, 아들이 고통과 절망, 죄책감을 끌어안고 죽었다는 것을 난 견딜 수가 없어요."

소연은 15년 전 법정 안, 포송이를 죽인 범인의 선고 당시 뒤에서 눈물을 흘리며 애잔하게 쳐다보던 한 여인의 얼굴이 떠올랐다. 그리고 그 사람이 작년에 자신에게 기억을 지워 달라던 안영이 님이란 것도 뇌리를 스쳤다.

'내가 그 사람 엄마의 아픔을 지웠어. 그의 엄마가 평생 죄책감을 짊어지고 살게 놔뒀어야 했는데…. 내가 지워 버렸어….'

소연은 고개를 흔들었다. 그리고 아무 일 없다는 듯 딸에게 말했다.

"기억이 안 나네. 벌써 몇 년 전 일인데."

하지만 마음속으로는 이렇게 다짐했다.

'기억은 지워서 끝나는 게 아니야. 기억 삭제는 고통을 없애는 것이 아닌 책임을 없애는 거야.'

피해자와 가해자의 고통은 연결되어 있을지도 모른다. 소연은 이제야 모든 감정들의 조각을 맞추고 정리했다.

*
Endure

어느 조용한 카페에서

"대표직 사임서, 이사 권한 이전 문서, 모두 너에게 맡긴다. 무거운 짐을 주고 나만 편한 것 같아서 미안해."

준혁은 Re:MEM과 REKOR의 모든 권한을 소연에게 위임했다.

"많이 생각했어, 선배. Re:MEM을 아예 없애 버릴까도 여러 번 고민했는데, 그건 비겁하게 도망치는 것 같더라고. 그래서 이제 기억을 삭제하고 정제하는 기술이 아닌 기억과 함께 견디는 방법을 만들 거야. 그래도 되겠지?"

그 말을 들은 준혁의 눈이 붉어졌다. 그리고 소연에게 물었다.

"유헌이가 날 용서했을까?"

"유헌 선배의 마지막 당부, 항상 마음에 새기고 살아. 끝까지 선배를 위한 마음, 그거 잊지 마."

준혁은 고개를 끄덕였다. 소연은 준혁에게 또 보자고 인사를 했다. 그렇게 계절은 봄에서 여름으로, 여름에서 가을로 물들었다.

Endure 개관식

"우리는 오랜 시간, 기억을 삭제하고 정제하는 기술을 남용했습니다. 그것이 고통을 덜어 줄 거라 믿었습니다."

소연은 뒤쪽에 설치된 스크린을 쳐다보았다. 스크린에는 Re:MEM 과 REMKOR의 회사 전경이 흑백으로 떠올랐다.

"하지만 우리는 알게 되었습니다. 기억은 삭제되는 것이 아니라, 함께 견뎌야 할 삶의 일부라는 것을. 그래서 오늘, 우리는 회사의 이름을 'Endure'로 바꾸고 앞으로 나아갈 것입니다. 기억을 지우는 기술이 아닌, 기억을 존중하는 기술을 만드는 회사, 사람과 동행하는 회사로 새롭게 태어날 것입니다."

Endure 본사 개관식에 참석한 사람들의 박수 소리가 커지고 소연은 Endure의 사업 전반 흐름을 소개했다. 트라우마 기억을 지우지 않고 감정 반응을 조절하고, 새로운 시각으로 재해석하는 치유 플랫폼과 기억 윤리 교육, 가족이 함께 보는 회고 영상 저장 시스템인 Endure Archive, 유사한 기억을 가진 사람들을 매칭해 정서적 지지를 나누는 Echo Room이 Endure의 주요 사업이었다. 소연은 관중들의 눈을 보며 말을 이어 갔다.

"우리는 이제 기억과 함께 살아가는 기억의 윤리 시대를 만들어 나갈 것입니다."

에필로그

겨울이 찾아오고, 다시 계절이 세 번 바뀌었다. 준혁은 집 앞의 텃밭을 돌보며 혼자 있는 시간을 견디는 중이었다. 그리고 기분 좋은 시원한 바람을 맞으며 강 끝자락에 낚싯대를 드리웠다.

"오늘은 뭐 좀 잡혔어?"

소연은 준혁의 옆에 있는 폴딩 체어에 앉았다.

"생각."

준혁은 웃으며 대답했다. 소연은 준혁을 가만히 바라보았다. 4년의 시간은 준혁에게도 소연에게도 적막 같은 평온한 시간을 가져다주었다.

"올 거면 미리 말하고 와. 혹시 없으면 어쩌려고 그래?"

준혁은 내심 반가운 기색을 숨기지 못했다.

"나도 바빠. 누가 회사 일을 전부 다 위임해서 눈코 뜰 새 없이 바빴다고. 아니 근데 왜 이렇게 멀리까지 와서 이러는 거야? 서울에서 2시간 반이야. 거처 좀 옮기는 거 어때?"

소연은 새하얗게 난 흰머리까지 보여 주며 말을 했다.

"너 언제 이렇게 늙었냐?"

준혁은 대학생 때 소연의 모습이 머릿속에 스쳐 지나갔다.

"나도 이제 이순의 나이네."

소연은 준혁의 낚싯대를 바라보며 말했다.

"어? 선배!"

작은 고기가 낚싯바늘을 톡 건드리고 사라졌다.

"가자, 이제."

준혁이 말했다.

"뭐야? 한 마리도 못 잡았는데 가는 거야?"

소연은 알고 있었다. 준혁은 유헌이 생각날 때마다 낚싯대를 잡는다는 것을. 그리고 그 기억을 아주 잠시만 잡고 있다는 것을.

"기억은 물 위에 비치는 그림자 같은 거야. 잡으면 번지고 내려놓으면 그제야 내 맘에 가라앉아. 그럼, 내 마음이 평온해지는 거지."

언젠가 자신에게 준혁은 말했었다. 바람에 머리카락이 날리고 물살은 천천히 흘렀다. 빛이 물 위를 따라 사라지고 빛나고를 반복했다. 준혁은 물끄러미 하늘을 올려다보았다.

"아, 참, 여기. 이거 주러 왔는데 깜빡할 뻔했다."

소연은 가방에서 작고 하얀 봉투를 꺼냈다.

"우리 딸, 세현이 결혼해. 한 달 뒤니까 꼭 참석해. 안 오면 앞으로 영영 안 보는 거야. 알지?"

준혁은 청첩을 펼쳤다.

[신랑 김승우, 신부 김세현]
2051년 4월 20일 토요일 오전 11시
서울 성수동 라벤더 갤러리 웨딩 홀
우리는 서로의 기억이 되어 함께 살아가기로 했습니다.
지우지 않고 기억하며 다투고 웃으며
앞으로의 시간을 견디고자 합니다.
이 따뜻한 시작에 함께해 주세요.
김세현 & 김승우 드림

"그리고 나 6개월밖에 시간 없어. 회사로 다시 돌아와. 나 할머니 됐거든."

"뭐?"

준혁은 눈을 동그랗게 뜨고 소연을 바라봤다.

"나 이제 우리 딸이 아기 낳는 것도 보고, 회사도 좀 쉬고, 그렇게 살 거야."

소연은 마당 너머 주차된 자신의 차에 올라탔다. 그 모습을 보며 준혁은 조용히 손을 흔들었다.

'기억을 지우지 않는다는 건, 누군가의 곁에 오래 머문다는 것일까?'

준혁은 멀어져 가는 소연의 모습을 가만히 바라보았다. 준혁의 눈엔 유헌에 대한 그리움과 앞으로의 자신의 시간에 대한 따뜻한 결심이 서려 있었다.

어쩌면 기억과 삶이란 스스로 감당하고 살아 내야 하는 것일지도 모른다. 우리의 남은 생은 어떤 기억들 위에 하루를 또 쌓아 가며 또 지워 가는 일이 될 것이다. 하지만 그럼에도 내일을 살아 내는 일이 될 것이다.

  시원한 바람이 불어왔다. 준혁은 하늘을 올려다보았다. 노을은 마치 오래된 필름처럼 흐릿하고 아름답게 번졌다. 준혁은 이제 지우지 않고도 살아갈 수 있는 자신의 시간을 살아 낼 것이라 다짐했다. 앞으로 그렇게 살아 낼 것이다.

작가의 말

Endure

몇 년 전,
마음 깊이 힘들었던 일이 있었습니다.
그때는 그 기억이 지워졌으면 하고 바랐어요.

하지만 시간이 흘러
조금씩 무디어지고
햇살이 따뜻한 봄날에 걷다가 문득,
그 기억이 나를 여기까지 데려왔다는 생각이 들었습니다.

《Endure》는
그 순간부터 시작된 이야기입니다.
지우고 싶은 기억도
지우지 않고 살아 낸 마음도
결국 내가 견뎌 내고 고통을 희석시킨

나만의 감정이라는 것을 알게 되었습니다.

이 소설이
당신 안의 오래된 기억을, 또는 아픈 기억을
조금 더 다정하게 바라보게 하는 계기가 되길 바랍니다.

감사합니다.

- 백인희 드림